名家小写文集

捡回来的时光

张文志 著

北京联合出版公司
Beijing United Publishing Co.,Ltd.

图书在版编目（CIP）数据

捡回来的时光 / 张文志著 . -- 北京 : 北京联合出版公司 , 2024. 8. --（名家小写文集）. -- ISBN 978-7-5596-7911-6

Ⅰ . I267

中国国家版本馆 CIP 数据核字第 2024PJ1574 号

捡回来的时光

作　　者：张文志
主　　编：张海君
出 品 人：赵红仕
出版监制：张晓冬
责任编辑：徐　鹏
特约编辑：和庚方　张　颖
封面设计：立丰天

北京联合出版公司出版
（北京市西城区德外大街 83 号楼 9 层　100088）
三河市同力彩印有限公司印刷　新华书店经销
字数 260 千字　710 毫米 ×1000 毫米　1/16　13 印张
2024 年 8 月第 1 版　2024 年 8 月第 1 次印刷
ISBN 978-7-5596-7911-6
定价：65.00 元

目 录

第一辑

捡回来的时光

时间遗失在风里

小呀么小二郎

日子拐了个弯

友谊好比过家家

…………

时间遗失在风里

整个村子，格局分明，依山势分成前山、二队（又叫中山）、后山，前山与二队的连接处正是山凹与山凸转折的地方，也就是这三岔口。

这三岔口，像时间的门口，从光明走入山阴，身后是前山沐浴在阳光中满垄满畦的庄稼，前方是两个层次分明的山丘隐在阴影中，等待长大的清晨。二队是山的一面斜坡，山上半腰的平面上圈出了七八户人家；后山是一条长长的岭，从山腰到山顶，密匝匝地长了三十多户人家；只有前山才是最端正一座山的模样，人家也最多，海依偎在它的山脚，所有的房子都似向海而生。

我喜欢在三岔口停留，不管上学、放学。上学，我走后山与前山的“直路”，从家出发，穿过大阿公、小阿公家的院子，走过人家的围墙，经过井头，下坡，到小坑里，上坡，翻过土坎，就望见了三岔口，挣上一口气，向上走上百来米，就到了。迎面的是风婆突然从口袋里放出的风和远处满海的金光，视野从逼仄的山谷里释放出来，置入一个广阔的新天地。我故意落在伙伴后面，站上一站，悄悄地深吸上几口气，看一眼风把时间带走。其实真正想做的是站在路中，仰面蓝天，闭上眼睛，左手揽着晨阳，右手触摸大海，在清冽的风里，时间停留，灵魂飘浮。——

这高远、湛碧的天，油油可爱的豆苗、蔬菜，左前方挺拔的樟树，华冠连绵如云；右前方空阔的大海，如扶摇的鹏鲲，在清晨泛红的光里，在清新流香的风里，浅吟低唱，曼妙舞蹈，诱惑着人走进去，融进去。停止在时间的某一个段落，由着性子畅游。

有一次，差一点点就成功了，有个声音猛地打断了我："小囡，你是不是打喷嚏打不出啊?"随着话音，边上劳作、来往的人不由得都看向我。我一惊，像一个刚学会一点腾云驾雾法术的蹩脚道人，还没展现就跌了一个大跟斗，狼狈不堪。慌忙掩饰自己的行为，胡乱应着，仓皇奔离。她却不放过，站在地里，手里还抓着一把拔下的青菜，说："喏，你这样是打不出的，面朝太阳——就像这样，这样……"她扬起黝黑的脸庞，闭上眼，三秒不到……"阿啾!"爆出一个又响亮又干脆的喷嚏，然后得意地用手背揉揉鼻头，看着我。这一声"阿啾"崩溃了一个九岁孩子心里所有的想象和诗意。我落荒而逃，恨不得来场风把我卷走，从此再也不做类似尝试。

二十五年过去了，我一个人孤零零地回来站在这个地方，欲完成一件多年前没有完成的事。天在很高很远的地方俯视着我，我向它仰起脸，张开双臂，拥抱从海上来的风，拥抱二十多年来的期待与心愿，我的脸皮已厚到并不会去在乎来往行人的眼光。这次没有人来，风沿着水泥路巡视了一圈，却毫不在意地从我身边绕开。我的灵魂，它扎实地站在整洁的水泥路面，不曾移动半分，是风太小托不起它，还是我的肉身过于沉重，桎梏了它。我沮丧地放弃了——已没有追究的必要。时光在比人还高的重重芒草中摸索，寻找突破口。不用问，我知道它失败了，我爬上路旁荒弃了的土地，像攀上希望的梯子。芒草强大的根系占据了脚下，向着天空发射的茎叶，掠夺了视线，海只隔着一层芒草尖，却似隔了千山万水，暗示我爬得再高，结局也不会有什么改变。

风无声息地来了，在芒草间停留了一会，我冷眼看着它们胜利者般地喧闹，又眼睁睁地看着它过去，却抓不住。

回过身。我也曾在这里，眺望二队和后山，整个形状就像一个巨大的袋子，后山是袋底，二队是“囊中之物”，袋口就是这三岔口。二队叠在后山上，只让它露出山脊上绿意葱茏的树木，却挡住了它的房屋，但我家是不在其中的。我家在后山最下面，刚好骑在二队的山背，完完整整地暴露在任何一个从三岔口经过的人的目光下。在满山满谷层层叠叠的浓绿浅碧中，我家那扇玫红色的木门如桃花般妖冶地“面朝大海，春暖花开”。

放学了，我从三岔口走过，就停下脚，所有的房子都在目光里袅袅地升起炊烟，夕阳把它能触碰到的任何东西都染上一层金彩，风放轻了脚步，调戏炊烟，压得它们东倒西歪，不时窜入屋边的树丛里。“暧暧远人村，依依墟里烟”，写的就是如此吧。我看到红门边上有一股青烟冲出树顶，冲出二队山脊的阻挡，向我飘来，就加快脚步朝家奔去，顾不上风了——它撩着我的发丝，挽着我的衣袖，作着嬉戏般的挽留。

我走上右边的小路，穿过二队的房子，下坡，拐弯再拐弯——路是长在山身上的腰带，再下坡，就到了井头，阿婆家的炊烟轻轻地淡在暮光里，像正在消失的余音。

但我更喜欢消磨在小坑里那条路上。一边是刚从暗夜里清醒的秧苗，一边是故作深沉的松柏、樟树、桐子树，在鸟儿鸣唱里一路送我走近又远去，窸窸窣窣地小声议论，我知道它们讲什么，故意不理，它们就弄出一声“巨响”，“哗”地吓着鸟儿飞起，惹我回头，却又故意装作一无所知，桐子咧着嘴做出得逞的笑，还以为我不知道是风搞的鬼。到了小坑里，有一条上下方向的石块路正好卡在山最凹处，这是二队人到山下的捷径，路边上有一个小水坑，不下雨，浅浅的，若有似无，一下雨，泛滥起来，就淹了路。路边裸露的黄土里，有一种亮晶晶的四方体，我以为发现了宝藏，偷偷敲了回去给大人看，却被嗤笑了一顿……

但这些都不是重点，要紧的是坑里长的野果：毛楂、山楂、红莓（覆盆子）、野野参、灯笼泡、桑葚、酸酸菜梗（一种野菜，茎秆细长、去皮可生食，味道酸而清口）、野栗子、野榛子……季节不同，随时有候，我们一路走，一路吃，四时有零食。有时，实在无物可吃，松树刚好开了花，就摘一朵，在手心拍出娇黄的粉，舔着吃；松针上结了白白的糖，就折一枝丰厚的，一根一根拆下，慢慢吮吸，夹着松香，这是记忆中最美的甜。或捋一棵边上地里的麦穗，去壳嚼嚼也有滋味。豆子熟了，就沿路在这里摘一个，那里摘一个，剥开豆荚，满口生气和清甜。番薯熟时，几个人商量好，隔天到自家的地里各人挖上一块，在小水坑里洗净了，带着皮吃。不吃东西时，每人手里拔一株野麦秆子，剥开柔软的外衣，露出青翠翠的管子，截取匀称的一段长节，留一端节头，用细细的秆端沿着敞口的另一端慢慢劈剖下，一直到将近节头处，一个麦秆哨子就成了。放到嘴里，一路“唧唧唧”过去。等割了麦子，我们就用金灿灿的麦秆做，那声音有麦子成熟后的自信和嘹亮。蚕豆长成，我们掐了叶子，半含在嘴里，也吹得欢乐。

地里收了庄稼，就嗅到了假期的味道了。周末，约上几个，带上草耙到各家的地里找寻丰收时失落的种子，可以是番薯，也可以是土豆、豆子，集到一块，也不容小觑，到松树下拢些柴火，烤番薯或豆子，有时是土豆，听着毕毕剥剥的声响，香味随着烟味散开……吃得呼哧呼哧，满手满脸的黑，拿草耙掩了灰，再到水坑里洗净手脸，一切“毁尸灭迹”，带着满足和自得，快乐好几天。

现在，我带着孩子回来，极想让他也尝尝这样的快乐。可路淹没在荒草里，正等待着沦为荒草，两旁芒草架着长戟，密密麻麻的，你不得不低头弯腰小心地讨好。我站在三岔口的坡上，近的是芒草，远的是落光了叶的树枝，再远一些，长得没有章法的树木正在吞没一切，所有的房子都断了炊烟，颓败废旧的屋檐、墙角在树木的夹缝中艰难支撑，像溺水的人在发出最后微弱的呼救。“梁园日暮乱飞鸦，极目萧条三两家。庭树不知人去尽，春来还发旧时花。”已经是极其委婉的说法了。

我向上，再向上，终于看到了二队有几间屋子在风里抖索，那是村人办的养猪场，后山沉寂在一片荒芜里，我引以为豪的红门已成一堆朽木，屋子在藤蔓缠绕中只剩下一个黑黑黢黢的大口，像无底洞一样，吸附了所有光阴。风从身后吹来，扶上我的肩，却说不出安慰的话，徒劳地叹了一口气，离去。

我抓不住它，我看着它越过杂树乱林，吹向那个黑洞，把时光的碎屑也撵入其中。只怕有一天，这一切再也没有人记起也没有人知道。

我知道它一直在，可它安慰不了我，因为它见过我见过的一切，它不曾替我留住，它像一把火，烧光了时间，又回过头，吹散了灰烬，再招一阵雨，连那燃烧的痕迹也冲刷得一干二净。可我能怨它吗？我只能俯下身，捡起岔口几块眼熟的石头放在包里，似乎这样就可以把遗失在风里的时间都背回去，把我的童年都背回去。

小呀么小二郎

一　上学去

那年我6岁，若按城里的算法，其实是4岁，在现在孩子上幼儿园的年龄。不知为什么，突然有一天母亲说你去读书吧，学费已付给蒋老师，明天你去学校拿书。

容不得我明白，第二天一早，带着不安，被赶出来要一个人去学校——我甚至都不清楚它具体在哪里。一个人忐忑地站在路口彷徨，等待晨阳带来远处几个正在靠近的学生模样的孩子。我缩到角落，期盼那扇红门也害怕那扇门，期盼是因为母亲说她在门口能清晰地看到我的身影，害怕也是她能看到。

影子在慢慢变短，我避开岔口，在通往二队的路上来回装作寻找草丛里的一只蟋蟀，他们经过身边，只是好奇地瞟了我一眼，继续交谈、走路。他们不知道等待是多么焦急和磨人，当他们走过的刹那，我几乎忍不住要流泪，如同在漂浮中突然寻到了一块木头，禁不住喜极而泣了。落在几米外，跟着来到那座老旧的石头房子。报名拿书的人很多，每一个都比我高，比我大，我在人流的涌动中到了老师的桌前，怯怯地说："老师，我来拿书。"

瘦高白净的老师站着，低头看我问："学费单子呢？"我蒙了，出门前母亲并没有交代什么单子，愣了半晌才说："我姆妈说已交给蒋老师了，叫我来拿书就可以了。"他思忖了一下，说："蒋老师不在，我是尤老师，没单子，我不能给你书，发书要证据的，你懂吗?"

我一边用屁股和后背拼命抵住不断挤压的人，一边努力踮着脚，把下巴放到他的桌子上，眨眨眼说："我懂，但是我姆妈真的交了钱的，你可不可以先把书给我?"

他有些不耐烦，挥挥手说："没用，这么多人拿书都有学费单的，你要么向蒋老师拿书?"

"他不在啊，我怎么办?"

"要么你先回家去，我碰到蒋老师问一下，要么，你只能自己去找蒋老师。"

我挤出人群，忘了问他去哪里可以找蒋老师，等回过神，已站在密密麻麻的人群外，人越来越多，已没有再挤进去的希望，只好垂头丧气地回家去。

从学校到家里的路，大人要二十来分钟，我走至少半个小时。太阳热辣辣的，我却浑身冷意地站在三岔口，远眺着那扇门，甚至都要失去回家的勇气了，只觉得这路漫长得永远到不了才好。冒着满脸大汗，拖着疲软的身子到了家里，已是午饭时分，母亲一看我的样子，不容解释就沉下脸，说："这么没用，点点小事情都办不好，你这人有什么用?"

我又气又委屈，辩解说："我又不认识蒋老师，蒋老师不在，那个人书不给我，我有什么办法?"

"你就不会和他说我学费已经付给蒋老师了，蒋老师叫我来拿书——"

"他说学费付了，学费单给他，没就去找蒋老师拿书。"

"学费付给蒋老师不是一样的?你到底有没和他讲清楚，你学费已经付了?"母亲神情严厉，语气尖利。

我又累又饿又渴，还被盘问个不停，不由得恼了，流着眼泪，尖着嗓子应她："我又不是笨蛋，跟你说我和他说了他就不给我，我有什么办法。你们大人自己弄不清楚，就只知道骂人……"

母亲怔住了，缓下语气问："那个人是什么老师?"

"他说他是尤老师……"

"我知道了，你先吃饭吧。"

……

过了很久以后我才知道，那个尤老师还是我家的亲戚，母亲有没去找他我不知道，书是第二天那个蒋老师托住在我家岗头上的王老师带回来的，只有语文和数学两本，但记忆中只有粉紫色封面的语文书，里面有插图，有一课是《我爱北京天安门》，上面还有天安门的样子，里面有些书页好像带有绿色；而数学书，毫无印象，似乎那个时候我根本就没有学过。

二 执着的睡意

上学了，学校总共两个教室，大的是三个年级合用，每个年级是长长的一排；小的是一年级和五年级合用，也是两排。桌子是两块板加四只脚，一块板是桌面，下面的一块板小一些，被夹在四只桌脚间成为放书包的桌格。这种桌子，现在的台州是没了，在张艺谋的《一个都不能少》和一些关于落后山区学校的媒体照片上还是见到过。一张桌子两个人，凳子就是长板凳，有时没放好，在凹凹凸凸的黑泥地上摇晃，一前一后，一后一前，摇船一般，让人想睡。母亲经常说"知识就是力量"，可这时我只想说"和睡觉比，什么都不是力量"。

我站着，下巴够到桌面，踮着脚，可以把双臂撑到桌上；坐着，若让双脚着地，拼命拉长上身，也只能勉强把下巴挂到桌子上，用父亲的话是“下巴挂桌档”；离了地，耸着肩，倒是可以把胳膊搁到桌面，但是不管哪一种姿势，似乎都很适合睡觉。因此，经常地，下巴搁在桌上就睡着了。可偏偏坐在第一桌，而老师又和母亲熟悉，特别关注我，当我脑袋一下一下啄着的时候，就被命令站起来清醒一下，有时是认字，有时是读书。我的同桌是一个比我大两三岁的女孩，她懂得很多东西，比如番薯的花很好看，头发娘（螳螂）蹦到头上会把人的头发吃了，纺织娘会躲在墙角叫个不停……我有些崇拜她，很听她的话，她也护着我，有时会从家里拿点小零食过来分给我吃。当她意识到老师的目光瞟过来时，不管我有无瞌睡，总要轻轻推我一下。可我不知道为什么，总是睡不够，上午好些，下午是必睡的，老师叫我站着，站着站着脑袋靠在桌上就会又睡过去，身体靠在墙上也能睡。执着的睡意以一种神奇的魔力拉着我沉沦下去，怎么都去不了。时间一久，自己得出作战经验，当老师教五年级让我们自己看书写字时抓紧睡，他过来了，同桌就会推我，赶紧振作精神，装作万分认真的样子。日子就在浑浑噩噩中过去一天又一天，除了上课睡觉，认字、读书对我没什么难处，老师也就睁一只眼闭一只眼。

一次，上午快放学了，老师正在教五年级的数学，我就放心大胆地睡，结果整个脑袋都趴在桌上，“犯罪痕迹”太过明显，不想被看到也难，在同桌反应过来之前被抓了个现形。

老师板着脸，让我站着，说清醒清醒，就又转身教五年级的同学。可睡觉是人无法驾驭的力量，等他转过身，我的下巴支在桌上，虾着身子闭着眼又睡过去了。同桌不由得又好气又好笑，拧了我一下，我吓了一大跳，抬头碰到老师严肃的目光，吓个半死。

老师一脸无奈地指着黑板上这节课刚学的四个字，说：“你来读，读完了、读对了，我就让你先回去，读不出来，你以后上课就不要睡了，再睡我就告诉你爸妈了。”他第一个指的是笔画最多的“周”，其他三个我已忘记了，不知为什么这个字却印象深刻，至今难忘。老师的字很漂亮，据说少年时学过茅山道士，在毛笔字上下过功夫的。——当我也成为老师后，有一次上课时在黑板上写下“周而不比”四个字时，不知为何就想到老师当年写的那个“周”，而且感觉我写的就是他的那个样子。

所有人都安静下来，盯着我，同桌为我捏了一把汗，高年级的哥哥姐姐们给我做口型帮忙，却在老师威严的目光中抿紧了嘴。老师的威严很有效果，我已经完全清醒，带着紧张、惶恐逐一读了出来，一字无差。老师又让我念书中的句子，很流利，大家都为我松了一口气，老师脸色也缓和下来，问：“你怎么这么能睡呢？”

我红了脸，低着头不说话，也不知道怎么说，因为我自己也不知道为什么啊，大概是睡神特别眷顾我吧，老师是真的让我先回家了。但走出教室没几步，放学铃声就响了。

很多年后，有很长一段时间，我为失眠所困，就想，那时候为什么就这么困呢？难道，随着长大、老去，睡觉的力量也跟着“式微，式微！胡不归？”了吗？

三　就这样结束

一年级里的学生年龄相差很大，我是最小、最矮的，有一个坐在最后排的男生是班里最大的，身高比五年级的大部分同学还要高。老师“提早”让我回家，在别人是无关的事，没觉得什么不妥，他却记在心上。下午课间时，教室里的人几乎都出去了，他堵着我，凶巴巴地问我：“老师为什么对你特别好，都让你提早回家？”

“我不知道！”我老老实实地回答。

“你怎么不知道，老师让你做值日也做得很少，你都不用扫地——他偏心你!”

我抬头瞪着他，说:“那你去和老师说去呗!”

他一时讲不出话，伸手就揪我的小辫子，我用手挡他，他一用力揪下几根头发，疼得我一声尖叫，一发狠抓住他的手就咬下去，咬出一个清晰的牙印。他生气地把我整个人拎起，扔坐在桌子上，扬起手冲我脑袋劈下来。教室里还有几个人，显然都是怕他的，不敢吱声，而我读书读了一个月多，除了同桌，几乎不认识其他人，现在也不知道向谁求救去，就愣愣地看着巴掌落下，临了才下意识地偏了一下头，吓得都不知道哭叫，闭着眼准备承受这一巴掌。突然有个声音叫道:“老师来了!”

他倏地起来，转身走了。我才吁了一口气，睁开眼感激地看了看门口的那个五年级的女同学。

她好笑地盯着我，说:“你就这么笨，叫人也不会?由着人家打你?”我张了张嘴，不知道说什么。她笑笑说:“下次记得要大叫起来，打着了就哭，去告诉老师，他下次就不敢了。”我拼命点头，但是感谢的话却不知道怎么说。

我想我是个笨拙的孩子，读了小半个学期，除了同桌没能记住其他任何一个同学。只记得老师把我安排给五年级的同学一起值日，可我确实不需做什么，扫帚比我高一截，我比垃圾斗高一点点，举着凳子托不到桌子上。谁看得过去叫这么个小不点做事，所以我的任务就是站在门口认真地看他们打扫，等他们说:“好了，小鬼精回家去。”所以有人不满似乎也在情理之中。有时下课在教室做作业，掰着指头数来数去，总有他们过来说:“小鬼精，我教你!”……那些亲切的脸，在眼前晃了近两个月，事后怎么没有一点印象了呢。

这件事最后是怎么解决的?似乎是父亲恰好从楚门回来，因为我说不想去学校了，父亲问为什么，我说某某打我，他就去找了老师。老师教训了他，跟他父母说了，他父亲大概狠揍了他一顿。几天后的一个课间，我坐在教室门口晒太阳，他拿着一支玉米进来，掰了一半给我说："你爸去和老师告状了，我爸打了我。——我今后不打你了——分半个玉米给你，你消气吧……"

我淡淡地说："我晓得了。"可也没接他的玉米，因为心里并没有真的原谅他。他还想再说什么时，父亲来了，接我回去，连课都没有再上，下午我就去了外婆家——我的第一次上学就此结束，开始得莫名，结束得毫无征兆。

只记得那日的阳光和他手中的玉米一样金黄。

日子拐了个弯

父亲把我接到了外婆家，母亲看了搂着就哭，可我既没有高兴也没有不高兴，只觉得好笑：你自己把我一个人扔在家里，现在又哭，要哭，干吗又把我一个人扔在家里。外婆她们是担心我傻了，一个劲地埋怨母亲，把我扔给爷爷奶奶，和傻姑姑同吃同睡，变傻了。母亲更是内疚。她以为让我上学，就有了寄托，她和父亲可以带着妹妹安心地到楚门做工挣钱。她出钱请爷爷奶奶照顾我一日三餐，她一直认为我是一个很好将就的孩子，什么都没关系，安安静静地听从大人的安排。可是当她看到我满头虱子、脸又黑又瘦、指甲又长又黑的样子，身上浑身上下一身污垢，一股子汗酸味，她说自己肠子都悔青了。她的女儿一向干净整齐，漂亮可爱的，怎么会成了这么个脏猢狲。她对父亲埋怨爷爷奶奶肯定是苛待我了。

这倒是冤枉了他们，除了让我和傻姑姑一起睡，晚上睡不安宁外，其他我也想不出有什么虐待的。洗脸、洗澡都是我自己洗的，这么大的孩子还不会搓身体，水打打湿就当是洗过了，虱子是从傻姑姑那里来的，可奶奶觉得乡下孩子不生虱子才奇怪的咧。她管我吃饱穿暖就可以了，其他的她自觉不关她事。而我也的确从不和他们说学校的事，也从不回家做作业，他们吃饭我吃饭，他们洗脸我洗脸，他们上床我上床，一点都不麻烦，安安静静，十二分的自觉，不和其他孩子嬉闹，放学后就回家，没事干就在门槛上独自坐着。

父母走后，我上学前的一个晚上，在饭桌上，我怀着对上学的兴奋，多念叨了几句，奶奶板着脸训我："你姆妈走时怎么交代你的，女孩子这么没样子，吃饭讲什么话？读书，图读书有什么用？你爸你妈铜钿没地方花去了，才会没事寻点事情让你去读书……"我立刻闭了嘴，低头吃饭，从此在嘴上拉了拉链。若那次父亲没有碰巧回来，我想我大概也就自认倒霉，被打了就被打了。没人撑腰，诉苦和掉泪都没有用，这个道理那时我是深刻认识到了。

父亲回得恰是时候，觉得这样子实在也不能令他们放心，加上那边也安稳了，就决定把我接走，至于读书，本来年纪就小，托了后门送进来是个寄托，不必太正经。从此我享受了一段彻底的自由，跟着舅舅去河上放鸭，跟着表哥表姐在田埂头乱逛，在南塘头的瓜田里偷瓜，也在楚门的田野无边无际地闲荡，日子仿佛一下子拐到了一个我不认识的地方，我混得如鱼得水。

但很快母亲又说送我读书去。和上次一样，我事先完全不知道，等母亲通知下来，就是板上钉钉。可又和上次完全不同，全家人都很兴奋，一有空就逮住教育我：读书要好好读哎。我想我肯定是一个钝感的小孩，木木地应着，其实根本不清楚他们讲什么。我的心神还野在这一年的自由中收不回来。可母亲却如临大敌，说要考试的，考不过就没法上学。于是报名前的一个晚上，四姨和小姨摁着我，用一百个一分两分的硬币教我从一数到一百，教我十以内的加加减减。

第二天稀里糊涂地就站在了一个穿灰衣服的短发女人面前。从此在我记忆中她就一直是一个穿灰服的白胖妇女，她叫我从一数到一百，又问"1 加几等于几"之类，还让我读了几个拼音，在我意识到这就是考试之前，考试已经结束了。只记得老师叮嘱我的一句话是："以后读书要争气……"母亲欢天喜地带着我出去，说幸亏这一年你长得快，又说幸亏去年的两个月书没白读。回到家，四姨和小姨却说："全靠我们教你数一到一百吧，看来临时佛脚也要抱的。"

我说："我没有抱佛脚，你教的我记得牢牢的。"

外婆笑得眯了眼，直夸我聪明，还特别给我煮了一碗面，里面有葱，说吃了聪明，有鸡蛋，吃了记得牢，有大蒜，吃了会算账……

我对外婆的话从来深信不疑，怀着虔诚的心情吃完它，完全相信它会让我聪明，记得牢，会算账，甚至在以后许多年的开学前一天都吃它，并且从没怀疑过。上学的前一天，全家人都很特意很郑重地跟我说读书要争气读书要争气，"争气"充斥了我整个脑袋。

忘了第二天是怎么去上学的，只记得这学校的书比我原来的漂亮，它是整本彩色的，母亲还带我去买了好看的书皮包起来。老师也和以前不一样，她说"张大嘴巴 a、a、a，圆圆嘴巴 o、o、o，扁扁嘴巴 e、e、e……"，而我原来的老师是不教拼音直接"上字"。

放学回家后，我夸张地变化着嘴型学给外公看，外公随手就给了一角钱作奖励，吃饭时还夸了我。于是我扁着嘴念了好几天，直到腻了为止，可姨妈还会龇牙咧嘴学着逗我。

新学校中间是一个戏台一样的台子，两层高，两旁的两排小房子是一间一间的教室。学校规模不大，似乎是一个年级都只有一个班级。我的教室在戏台的右下方，教室只有一个门，对着整排小屋的走廊，和它们成90度角。我们这排教室的尽头有两个教室是不一样的，里面堆满了彩色的积木、皮球，墙上画着鲜艳的图画，我同学说是幼儿园，有些人就是从这里面出来的，我很吃惊，读书之前还有这样的学校。一次体育课，我趴在窗口看他们做游戏，很羡慕，很想进去摸一摸那彩色的积木，觉得自己肯定比他们搭得好，但最终没有机会。

教室后面有两扇窗，前面大马路右边的墙上也有两扇窗，横着铁条，都对着小巷。村里的老太婆就守着窗口，向我们卖小零食。我们把钱递出去，她把东西通过窗子的铁条递进来。有一种白色圆柱状、手臂长的“糕条”，香、脆，2 分一根，若有断损，还可以 1 分钱买一根，我们经常一起买了折成几截套在指头上，挨个咬过去。有时也彼此计较长短，长了高兴，短了就会恼老太婆做生意太“凶”。

在学校，没有谁和我特别要好，也没有谁和我过不去。开始的很长一段时间里，我像个外来者一样在旁边看着他们笑闹，他们中有些人是邻居，有些人父母是熟人。

后来日子久了，也能玩到一块去。可他们似乎都比我聪明，他们知道老师弹的是风琴，还敢趁老师不在去弹一下“1、2、3……”。上体育课，当我还处在第一次摸到皮球的惊奇中时，他们已经拍溜了；当我能拍到几十下时，他们又能扭着身子，前后左右地走着拍，甚至从皮球上连续抬脚绕过去再接着拍，看得我发呆，暗中练了好久。他们跳橡皮筋也厉害，谁一和我搭档，多少总被我连累，站的比跳的时间多。什么“刘胡兰，十七岁，……”，“大苹果，红又红……”……我唯一拿得出手的是“小汽车，滴滴滴，二八二九三十一，三五六，三五七，三八三九四十一，四五六四五七，四八四九五十一”，动作简单、反复，最高纪录是从一档一直坚持到胳肢窝。

我们跳皮筋，脚踝处是一档，膝盖处是二档，三档是屁股下，四档是腰，五档不说了，说胸前的第几个纽扣，六档是胳肢窝，往上是肩膀头，再是头颈下，耳朵上，再往上，是用手撑开举起一个手掌、一个手肘、整个手臂。到了脖子处，是可以借手摁下皮筋跳的，可是难度仍然非常大。一次，一位高年级的女生，从一档一直跳到最高处，她的搭档“死”了一次又一次，她就“救”了一次又一次，撑皮筋的两个人擎着手臂一脸不耐，不停地换着站姿，还不时做一下小动作，可她还是没败下来。吸引了我们围在边上惊叹不已，而且死死盯着她的对手，不让她们搞小破坏。后来每当一看见她，我们就忍不住用敬畏的语气说：“喏，这个人就是那个跳橡皮筋跳不死的人。”似乎认得出她就是一件自豪的事。

总之，新的学校似乎什么都不一样，我不知道，原来上学也可以如此快活，回想起一年前上学的日子，恍惚如同冬日的河流解了冻，在前面拐了一个大弯，初时不稀奇，转过去才发现是浩瀚海洋，不由得惊喜。

友谊好比过家家

一个学期，稀里糊涂地结束了，期末拿着红本本（成绩册）回家，母亲没说什么，成绩似乎不好也不坏。

看着许多人到戏台上领奖，里面似乎有表姐的身影，但也没有多想，班级里谁成绩好，谁被表扬了，谁被评了什么，也从来不留心，只知道要过年了。

第二个学期开始时，我的位置从前面第三排调到了后面倒数第一排——过了年，我长个了。

读书的日子总是有一搭没一搭的，谈不上快乐不快乐，所有的课都是同一个老师上的，体育课就是玩的课，拍皮球，玩木头开花。

渐渐地，我也有了几个比较固定的玩伴，但不能称之为朋友，因为她们经常一会儿和这个好说那个不好，一会儿又和那个好说这个不好，以致我搞不清楚她们是否把我当朋友，若不是，我硬拿她们当朋友那岂不是硬贴上去。我若拿谁当了朋友，是绝不会去讲她的坏话的。可她们今天和这个明天和那个，一不顺意就翻脸，送给对方的东西要讨回来，吃了的糖也要讨回来，把什么秘密都抖出来，等和好了，又好得跟一个人一样，好像从来没有不愉快；等下次吵架，又仇人一样。循环往复，我觉得自己头都晕了，能躲则躲，幸亏她们认为我笨呆呆，还不曾把我划入哪一个圈子。但无论如何，是有了几个说得来的同学，实在是值得祝贺，回家偶尔也会念叨几句某某同学，这让母亲也高兴。可是人与人的关系即使在小孩子，又怎能简单得了?

第二个学期开始，我大多都住大姨家。有好几个同学就是邻居，一个老是穿红衣服的小姑娘，笑起来两个虎牙很可爱，她经常到大姨家和我一块写字，母亲很喜欢她。她功课比我好，写字认真，一个一个雕琢出来，很精致，不像我，急躁躁的，潦潦草草写完就行了。

一次，坐着写拼音，她的“ɑ”那一撇很像舞女的飘带，有一种说不出的妩媚，母亲、表姐她们都赞扬她写得好看。母亲转过头就数落我的不是，说我写的难看，怎么不学学人家。而我从来不觉得我的“ɑ”有什么不好，自自然然，最接近书本的标准，人家的造作发嗲又有什么好，嘴上不说，心里很不服气。

接下来，她当了小组长，经常检查作业，我的马虎行事就频频传到大姨、母亲耳中，母亲越发比较，恨铁不成钢，动不动就说人家怎样怎样，你怎么都不学点，后来大姨也说，甚至连表姐也经常并且当着她的面数落我，我心里就生了嫌隙，不愿和她来往，总觉得在她面前低一头。我认为自己的作业并没有差到她们说的程度，不表扬就算了，为什么就不能客观一点呢。真正差的是数学，不大会算，掐错指头自然就错了。可老这么比较的结果是，我的字似乎真的差下去了。

那时实在不明白，大人们为什么非要以别人的小孩的优点来衬自己孩子的不足，他们不见得高兴，而我更是难受，那么唯一受益的就是那个被赞赏的人了。可有时她又不在场，说了大家都不见得高兴，干吗还坚持不懈地说呢，觉得人家好，你认人家当女儿去。

但我和她真正疏远却是因为她姐姐和我表姐，她俩原来是同班同学。一天，我的同学突然对我说："你姐姐穿裙子不穿内裤。"

我大为生气，毫不犹豫地反驳："你乱讲。"

"真的，早上我姐姐上厕所时，亲眼看到她站起来，装作在穿的样子，其实里面没穿。"

"你姐姐肯定看错了，我姐姐怎么会不穿裤子呢？"

"亲眼看见的，就没有穿，骗你干什么？——你姐姐真丢脸哎！"

"穿了，就穿了，我回去问我姐去。"

真是气牙痒了，却一下子不知怎么反驳。心里是打死也不相信的，可自己又没亲眼看到姐姐穿了，看她言之凿凿，就有点底气不足。

回到家问姐姐，她撩起裙子说不穿着吗，两人都气得不轻。姐姐冲到她家门口与她姐姐吵了一架。第二天，她们在学校里拉着各自的朋友，又吵了一番。下午时，她过来质问："你怎么把我的话告诉你姐了，害得我姐和她吵架。"

我嘴上不说，心里却很不以为然："你帮你姐姐，我难道不帮我姐姐。"两个姐姐吵架的结果是互不来往，彼此撂下狠话说谁再到谁家里就是狗生的。我们的来往也就跟着少了，觉得立场不同，这是必须的表态。那时还没有什么友谊万岁的意识，难过一下就过去了。

失去一个，自然会有新的来填补，她这样，我亦如此。换了位置，和一个很活泼的女孩子做了一阵子同桌，她单眼皮，大嘴巴，薄嘴唇，有点龅牙，但皮肤很白，整天叽叽喳喳的，和谁都要好，经常带我们去她家。

她家是做皮蛋的，院子一边摆着一口又一口的大缸，里面装满了包着谷糠黄泥的皮蛋。她母亲是个温柔的人，不讨厌我们，任我们自己玩，并且拿出一些压损了的皮蛋请我们吃。那时不知从哪里听来的，说皮蛋是用小便做的，闻闻缸里的确有一股酸臭味，我就担心破了的皮蛋会有尿液渗进去，每次都纠结要不要吃，看他们都若无其事地吃了才敢动手剥，后来想了主意，等她妈妈拿出来时，我站到前面先挑，找破损最少的吃心里就安稳了。可又矛盾，要不要告诉别人，讲了，大家都挑好的，怎么办，想来想去还是不说，也不知道怎么说。

她家还有一个很大的鱼缸，很多红色、黄色的金鱼，在绿色的水草间悠闲地游着，自在地吐着泡泡。我第一次见到活的、真实的金鱼，看着它们鼓鼓的眼睛，花瓣样的鱼尾巴，心里的惊奇不言而喻，为了那些鱼我成了去她家去得最勤的同学。

有一次和一大帮同学去她家，不知讲什么，我笑得很大声。她突然停下来，望着我说："你真有意思，现在讲话都这么大声，为什么上课的声音这么小呢?"

我吃了一惊，觉得刚才的声音似乎并无不妥，而上课时，老师叫我回答的声音才大得要震了我的耳朵。所以一脸不相信，问她："我上课的声音怎么样的?"

她捏着嗓子学了一下，边上的人全都附和，然后一齐哈哈大笑，似乎很好笑。这真是不小的冲击，难以置信我上课的声音竟如蚊子哼哼一般。我再也笑不出了，她们很快讲别的了，我却不知道讲什么了，心里羞愧，并且留了心，尽量让自己上课回答问题时声音大些。

一些时日后，我自以为大有改观。老师并不常叫我，有一次叫了，我答了准备坐下时，她却说："大声点，再讲一遍。"我一下子泄了气，不知道自己到底如何再答一遍，如何坐下了。从此在课堂上只希望自己缩得小小的，老师看不见我，也不必再叫我。

后来老师又重排了位置，男女混坐，她有了新的同桌朋友，我就自动退出，不再找她，更不到她家去了。因为觉得她响亮干脆的叽喳声是我的一个讽刺和提醒。她上课回答“不知道”也是理直气壮，然后还环顾一下四周，如同一个英雄，即使引起边上同学轻笑也毫不在乎，而我实在是没有那种勇气和自信心。

小小的失落过后，我就再也没有什么特别要好的女同学了，友谊得失的意义或悲伤之于我还不大明白呢，过家家一样，散了就散了，于是彻头彻尾地当了二表姐的小跟班，也觉得很快乐。

那时年纪小

那时住在大姨家，一天到晚地跟着表姐，她去她的同学家，我都一起去。可巧的是，她常去的两个同学的弟弟又是我的同学，一个是班长，一个是学习委员。

班长家很近，一两分钟就到。有一次，我在大姨家门前的小河里扔了一只纸船，随后跟表姐到他家门前的河埠头洗衣服，竟看到它被石块挡住，正被水浸泡，散漫回一张纸，捞起来，上面还有我画的一朵花。

大姨门前的河是没有石板水埠的，要洗衣服都到下边班长家的河边去，那里两边都是宽宽的石板，搭成几个台阶，不沾水就站高一阶，要玩水就站到水浸没的石板上去。好些次，我在他家对岸玩水时都看到他在院子里坐在小凳上趴着大方凳写作业、读课文，认真得让我敬畏。有几次，他做好作业，抬头看见我在河边扔草，看草浮着、漂着的样子不亦乐乎，就会很有威严地问我："你作业做好了？没做好，赶快回去做，小心明天我告诉老师你整天玩。"头几次，我都会讪讪地罢手，无趣地回去。久了，就敷衍他：老早写好了。他就不问了。

大人们说他四方脸，又白净又饱满，额头又高，以后肯定是个当官的料。而他不管在学校还是家里，对我而言似乎都有一种

“官威”，袖子上晃着的“三条杠”醒目得让人又羡慕又自卑，从心里底就有些怕他，老是担心自己的劣迹会被他发现，并传到老师耳朵里。好像是有那么一次，我拿石子砸人家的鸭子被他看见过，大概告诉了大姨，害我被斥责了几句；老师应该不晓得，因为没有批评。

可这么一个被我一直崇拜的人物，有一次竟然掀了桌罩用手抓菜吃，我站在他家厨房门口，目瞪口呆。他没有看见我，又从锅里盛了一大碗饭，拌着冷菜，大口大口吃得稀里哗啦响。我呆了半晌，根本忘了来他家是什么事，转身就跑了，脑子还停留在刚才的震惊中。

吃完饭后不久，他过来叫我去他家，我去了，有些不敢看他，觉得自己撞见他什么不可告人的秘密。到他家，他姐姐和我表姐还有她们几个女同学都在，我才想起，我先前去他家是表姐要我传话给他姐姐，说午饭后过来“做戏”。她们早用被单、枕巾什么的装扮起来，头上还戴了纱巾，插上用五颜六色的毛线花，唱什么我也忘了，我的任务就是一动不动地坐在床沿上扮皇帝。班长站在下面，还是有几句台词的，可他笨拙的样子老被他姐姐嫌弃，他也不生气，努力配合改进，第一次觉得他原来这么好玩。后来就敢和他说说话，有时一起玩一下，忘了作业也跑去问他。可是表哥很可恶，一天早上，不知为了什么，我和他吵起来。他说我喜欢我班长。我反驳他，乱讲。他狡辩：你不喜欢他，你和他讲这么多话干什么，还到他家里去。表哥大我四五岁，他知道什么是喜欢，我才七八岁，还懵着哪。幸亏嘴巴还是很利索的，我说你不是也到你同学屋里去，你到男同学屋里难道你就喜欢男同学了。他开始乱讲，什么姘头、老倌之类的都出来了，而且越讲越难听。我又羞又气，哭着向大姨告状，他才得意扬扬地收起那副讨厌的嘴脸。从此，我离班长三尺远，很长一段时间也不理表哥，同在一个屋檐下也当他是空气。直到他和二表姐争吵，被二表姐骂得狗血淋头毫无招架之力才解气和他说话。二表姐讲话能粗能细，能荤能素，能文能武，是响当当的角色，算是一物降一物。

班长姓钟，学习委员姓王，算起来应是表姐的堂弟。而我从来没有单独去过他家，他家离得远些，在大姨家小河的一条分支边上，过去要穿过几个小弄堂，沿河边满是青苔的石头路走到尽头才是。

相比班长，我更喜欢看到他，比女孩子还漂亮的一个男孩。文静、清秀，皮肤很白，眼睛大而清澈，看人时总带着一股笑意，巴掌大的锥子脸，薄嘴唇常抿成粉红色的一条缝，把笑挂在嘴角，声音温和礼貌，我都不明白男孩子的嘴唇为什么会像桃花一样粉嫩。我跟姐姐第一次去他家，他姐姐叫我去二楼玩，说他在二楼看书。我的头刚高出楼板，双手还抓着楼梯的两侧，他听见声音，侧过头，见是我，就抿嘴一笑。打开的木窗，舀进一块亮白，他半明半暗的脸定格在白幕上，粉红色的唇像隐在梨花后的一抹红霞，让人看呆了。我脑子里突然冒出一个念头：他的嘴唇咬起来会不会像吃柴片花一样。我意识到自己想什么时，惊得一只脚踩了空，差点从楼梯上跌下去。红了脸，赶紧溜下去，一声不吭地站到姐姐身后，她奇怪地看着我：“你怎么不去找你同学?”

我小声地回答：“他在读书。”

等她们都上二楼时，我才跟在后面，慢吞吞地爬上去，压住心跳，装作没事的人一般。

他姐姐叫他说你同学来了，他才恋恋不舍地从书上移开说早知道了。我姐姐问他看什么书，又夸他用功。他一一对答，从容淡定。他姐姐很自豪地介绍他读过的书，又问我读什么书，我支支吾吾说不出来。因为他读的我听也没有听过，更别说读了，我还只留在翻舅舅买的连环画的状态，我都怀疑那么多字的书他能不能读。表姐用毫不在意的口气替我作答，她呀，只晓得玩，和你弟怎么比，你家的是才子啊！

我羞得恨不得地板上裂个大缝，直接从二楼掉到一楼去。他仍用含笑的神情看着我，说我可以借你的。我哦了一声，自惭形秽卡住我的心和喉咙，只想逃得远远的。

回家时，他去楼下吃饭去了，我就没借他的书。以后也不大愿去他家，姐姐整天叫我多学学他，多少安静多少文气，多少认真，你学一点，你姆妈都要烧高香。

我心里反驳她：你怎么不学。后来又去了几次，他总是安安静静地看书、写字。我觉得走近他就是打扰他，他是高高的云，我是地上的烂泥，学不来，就再也不去了。年纪小就有小的任性和好处，什么事做与不做，什么人见或不见，不需要解释，也不会难受，没有什么“你见或不见，念或不念”的困扰，从来是“旧的不去，新的不来”的热闹欢喜。

到了二年级，换了教室，一起玩的男生就是同桌。他是个白胖的男孩子，安静内向，说话尖声细气，动不动就左手抚着心口，右手翘着兰花指，指着人的鼻尖，皱着眉头，嘟着嘴说：“哎呀，哎呀，要死啊，你要吓死我呀！”那模样实在让人起鸡皮疙瘩，若那时班里人知道一个词叫“太监”，肯定全班（甚至包括老师）都会认为他“当之无愧”。这句话有点恶毒了，大家当时只叫他“度娘头”。他脾气好，虽然不愿意当“度娘”，也不怎么生气，顶多哼一声转过身子不理叫的人，男生们有时使坏，围成一圈叫，他就尖着嗓子骂，作势要打。然后在“度娘生气了”“度娘打来一点也不痛的”哄笑声中被拉着一起玩了：他从来没有和他们真的打过架。

而我有时也会小小地欺负他一下，比如他越过桌子中间的“三八线”，我肯定是要拿笔戳回去的，而我有时过了界，他却往边上缩缩。有一次老师让我们同桌互相检查背书，我先背，三两下就完了，一轮到他，他磕磕巴巴不流畅，我还故意捉弄他，明明对了，却毫不客气地说错了，他有些怀疑地盯着我一会，就动手去翻书，我比他更快，一把抢过他的书抱在怀里说，先背完。他气恼地给我一记白眼，再往下却怎么也想不起来了，只好泄气地说等下再背。等他翻开书时，我以为他会生气，谁知他不理我，哼了一声，背过身去小声背了起来，倒让我觉得无趣。他再背，我就没了捉弄的心思，他结尾处背错了一句也懒得指正。可他到放学了也没理人，我也就不理他，故意和前桌后桌打得火热，有几次他想插嘴，我就掉过头给他白眼，他就讪讪地刹车，当作一点也不感兴趣的样子。

放学了，我去找我母亲，母亲在车间忙碌，边上还有一对湖北夫妻，交谈下发现他们儿子和我是同学，妻子就十分热情地招呼我去他们的宿舍。她儿子背对着门，坐着小凳趴在床沿写作业。他听见声音回头，我惊得用手捂住了嘴，竟然是同桌。真是吓得不轻，他母亲和我讲什么也不知道了，待了一会就逃走了，回家忐忑了一晚上：万一他和母亲说了我在学校的坏事或者说了我欺负他了，怕是要挨打了。但无事，平安！

第二天，我有些讨好地和他说话，他斜睨着我，一副胸中了然的样子，翘着兰花指，得意地说："我不是告状的人……"我有些感激又有些嫌恶地瞪着他，只觉得他那张白胖胖的脸就像是一团发酵的面团上嵌了一对眼珠子、一个鼻子、一张嘴，若用手挥一拳，这面团就要铺出边来，心里突然觉得什么度娘，叫他"大白馒头"（楚门把肉包叫馒头）才对。不过因着心有忌惮，我不再处处和他针锋相对。

一次老师布置了抄写，叫小组长改，我就是那个小组长（四人一个小组），别人都改好了，他竟然用了红笔抄，一下子我不知道用什么笔，他说用蓝笔好了。可我觉得他过分，嘴上答应，手里却拿了铅笔在背后给他突然一击。他不依不饶，把他本子上的铅笔痕迹擦掉，一定要我用蓝笔。不听他，他就用右手的长指甲挠我手。我第一次发现他白胖削尖的手指上留了长指甲是多恶心的事，赶紧投降。这么多次交锋，他唯一的胜利，他乐了一整个下午，我翻了一下午的白眼。自此，主动离他远一点，而且到现在都接受不了留长指甲的男人。不过，后来听老狼的《同桌的你》，那么多同桌中，竟然第一个想起的是他，真是不可思议。

二年级上学期一结束，我又要和这个学校说再见了。父母亲带我回了老家，他们怕我难受，还做了许多准备，不过一样也没用上。我很自然地接受了安排，似乎从来都知道自己不会在此长留，早已做好离开的心理。但知道自己终将要走的那一刻，在这个学校的往日忽然模糊了，就像发了一场梦。梦醒了，我也要走了，竟然连愁绪都谈不上有。离开一个环境，我就自动地不去想以前的人事，回忆对我没多大用处，还不如很快融入新环境，接受新的人，这似是我天生的本领。母亲倒显出和我同学、老师不舍的样子，抱怨说不知是应该说我笨、迟钝还是没良心。可我觉得太在乎一样东西，失去后要伤心，那么还不如一开始就不在意，到头也就无所谓了，人要往前看。所以，我对一向宠我上天的外公、外婆，告别得也甚是潦草，人生兜兜转转，还怕不会再见面？

很多年，我都不曾忆起这些人和事，生活总是被新的日子填满，就像河水流走了，接下来仍有新的流水一样。我走的时候，没有告别，甚至没有声张，我并不指望会有谁怀念，同样，觉得自己大概也不会去怀念谁，只在期末结束时和要好的一个女同学提了一句，她惊讶了一下，就淡淡的了，然后就摆出她早知道的样子，只说你回去的学校肯定没现在的好，也没什么珍重、伤感的话。或许，那时我们都不懂什么“黯然销魂者，唯别而已”，分和合，并不是什么隆重的事，更不需要什么特别的仪式，我讲了，你知道了，就可以了，转身玩自己的去。人生那么长，这么一小段实在算不得什么。我们忙着吸纳新鲜的事物，新鲜的情感，没有时间去回味、追究、探讨自己并不成熟的历史。

可是二十多年来，那些人我再也没有见过一个，我站在挂着“某某村老人协会”牌子的原小学门口，听着里面“况且况且”的锣鼓声，曾被我当作高不可攀的圣殿一般的颁奖台，如今成了戏台，不可名状的难过和惆怅还是填满了我的胸口，沉甸甸的，也许说再见也是需要勇气的，只是当时惘然而已。

老　师

老师姓李，记忆中她似乎永远穿着灰色的衣服，齐耳短发，矮矮胖胖，皮肤很白，肉却有些松弛，脸颊的法令纹很深，嘴角有些下挂，嘴唇的颜色偏深，一笑，就露出雪白的牙齿，让人眼睛一亮。但她好像很少笑，经常面部没有多余的动作，但你又不能说她板着脸，因为害怕，我不敢看她的眼睛（后来我才发现，大部分老师的表情都是这样的，不同的是他们的眼神）。

第一次见她，是母亲带我去报名。乡下的学校，读书是不需要考试的，而且经常有人说不读就不读了。而楚门的小学入学竟是要面试。母亲一路拉着教我从 1 数到 100，在进校门之间又千叮万嘱说："进去要有礼貌，要先叫老师，知道吗？——几岁讲得来吗？记住要对老师讲你 7 周岁了（明明是七虚岁），……1 到 100 再数一遍给我听……"昨夜被四姨和小姨摁住用角子数了一夜的 1 到 100，头都昏了，她比我还紧张，临到办公室门口，她又拽住我问"娘爸名字讲得出来吗，外婆家里在哪里讲得来吗？……"我讲了一遍，她才舒了一口气，直觉是没问题了，才说："没事，进去吧，你不要怕。"

我在心里说，问了又问的物什，有什么好吓的。

老师背对着门坐着，母亲叫了一声李老师，她转过身来，笑着冲我招手到她身边去，问："你几岁了？叫什么名字？"我蒙了，我还没有叫她呢。——她会不会嫌我没礼貌，要不要补叫一声再回答，还是就直接告诉她我7岁了……我手心出汗了，心跳得很快，不知道怎么办。

"老师和你讲话，你在忖什么？"母亲在后面推了一下。我才回过省来，低头小声地说："7——7岁了……"感觉她审视的目光从上到下打量得我背脊一阵一阵发凉：她在计较我没叫她吗？幸亏她很快地问别的问题了，果然有让我从1数到100。我像复述一个重复了无数遍的故事一样，一气数完。她满意地点点头，说蛮好。身后的母亲如释重负，整个房间的气氛都松下来。

她不问我了，却和母亲闲聊，说："她的7岁还长得可以的呀。"

我以为没事了，却发现腿发软，我还没告诉她就是7周岁，不是7虚岁，她说"7岁"是指周岁还是虚岁呢。母亲笑着，自自然然地接过话说："是啊，今年长高了不少，早日和猫一样，巴瘦巴瘦的……"

她笑了，点点头，转过来严肃地对我说："小学生了，好好读书，为你妈争气，晓得否？"我不知道母亲和她说过什么，她才如此教导，但还是赶紧点头，"嗯"了一声。

这些天，几乎每个人每天都对我说这两个字，"争气，争气，争气……"像是紧箍咒一样，听得人烦。可我实在不清楚，怎样才叫争气，怎样才能争气，反正他们说他们的，我只管点头就是了，用母亲的话讲我就是一只耳朵进一只耳朵出。

李老师什么都教，语文、数学、唱歌、画画。第一课，她教："大大嘴巴aaa，圆圆嘴巴ooo，扁扁嘴巴eee，……"老师说"a"，就像去医院让医生看喉咙看小口舌有没有肿起来一样张大嘴就可以了。我努力地学她，把嘴巴张得大一点，再大一点，心里在想，这样张着是不是也和书本上的图画一样，能让医生看到小口舌呢，老师这样张大嘴巴，是否也能让人看到小口舌呢？这个念头一冒出，心里就犯痒，盯着老师的嘴很希望能看到。可是她教完了“a”，也没有，只好作罢。

她念“o”，皱着嘴巴，唇上的皱纹很明显，我就觉得不好看，又穿着灰秋秋的衣服，一点都不像书上的那只大公鸡，等她念“e”，露出一口漂亮整齐的牙齿，我才觉和书上大白鹅的羽毛可以一比。……

第一节课就在我机械地跟读和胡思乱想中结束。此后一年多里，糊里糊涂地忘了自己到底学了些什么。甚至根本记不起自己是否上了数学课。按现实，肯定是有的，可记忆里连个线索也没有。关于数学，这一年半数学学习记忆只停留在红色成绩单上的确实存在的几个数字而已（因为其中一个后来被我从75改成95而不曾忘记）。语文背过一首诗《画》，边上还有一幅黑白山水画插图到现在也没忘。而画画的记忆只限于小时候画在作业本最后一页的戏人上，学过什么歌，一首也不记得，唯一记住的是教室里有一架风琴，值日时，有同学上去弹，我也上去弹了一下，觉得自己做了一件了不起的事。

人的记忆是很奇怪的吧，时间那么长的一段河流凭空消失了，可其中的几颗小卵石却刻入头脑。

一次语文考试，我老早做完了，可老师还坐在那里不动，下课的铃声似乎还遥遥无期。门外强烈的阳光侵占了讲台边上的一方领地，蝉在拼了命地嘶叫，把考试的时间拉得无边漫长，好像整个下午演变成了整个人生一样。太无聊了，我坐在左边靠墙角的位置，扭头看别人，怎么都还在做？教室安静得想让人发疯，于是我把我嫩黄色的透明的塑料凉鞋的鞋尖轻轻拍在了水泥地上，发出一声清脆的“啪”。小心翼翼地环视了一下教室，没人发现，就把鞋跟也敲在地面上，带出一声更大的“啪”。还是没有人发现，我的心里充满了诡计得逞后的欢乐，一下又一下，一下又一下，轻轻的，“啪啪”像我的鞋子在唱歌。

我沉浸在这欢乐中，心里算着前敲几下，后敲几下，几番后又变一下数字，浑然不知静默无声的教室里此刻充满了我凉鞋的节奏。

老师惊动了，一声怒喝：“谁在干吗?”第三组和我同一排的一个男生马上叫出我的名字说：“老师是她，是她用鞋子敲地。”我吓住了，立刻停脚，不吱声，趴下身子，躲在前面同学的后面，自认老师看不到，大气也不敢喘。老师很严肃地说：“好了，安静，不要再敲了!”教室恢复了安静，我偷偷探出头，瞄了一眼老师，见她又专注地在改作业，才吐了一口气，转头狠狠地瞪了那个男生一眼。谁知他也正在看我，见我瞪他，他马上又叫起来：“老师，她眼白我!”

我立即掉转头，装作低头左手托着腮帮，右手拿着笔改自己的试卷的样子。眼角瞟见老师抬头望了我一眼，很严肃地说：“不要讲话了!”就又埋头改作业。

我侧头拿眼角扫那个男生，心里暗暗得意。为了回报老师对我的“支持”，也为了快点通过这不知何时结束的等待，我倒真的认真地看起了试卷。看到最后的造句，发现“孩”字写得有点不顺眼，就发愣，到底有没最后那一点呢。本来觉得没错，可怀疑一产生就像杂草一样疯长，拔也拔不掉。用铅笔在草稿上写了几遍，越写越没底。伸长脖子想向同桌那里看一下，可他还在上半张奋斗。对不对呢?没个定论，心里猫爪子挠一样，就想翻开书本核对一下。认为自己已经写好了，只是对一下，不能算照样(作弊)，所以没有多想地把左手伸进书包，摸到语文书，然后向后靠了一下身体，把书拉出一角，两只手点着页码飞快地翻，看了一下，心里雀跃，果然写对了，正觉得自己打了一个胜仗。

又是那个讨厌的男生叫了起来：“老师，某某照样，她在翻书。”

我又吓又气，又委屈，心里直骂了一百遍这个学嘴坯子“狗生”，明明有一百句话可以反驳他，嘴上却一句辩解也说不出，老师当我默认了，放下手中的红笔，虎着脸对我说：“上来！”

我走上去，站在她前面，她指着她的右边说：“站这里，面朝同学。”我依言站好，角着头，吊着白眼，心里很不服气：我自己明明已写对了，我又没涂没改，算什么照样。晾了我一会儿，老师瞧见我的样子，用右手指头戳着我的头，一脸恨铁不成钢的样子说：“你妈叫你争气，争气，你争什么气啊，全部争屁了！”说完，又用指头在我左太阳穴上戳了好几下才罢手。对这个词，我不由自主地反感，对她的手指头更是不舒服，觉得自己像一个犯人一样被她呵斥。这种不适感影响深远，十多年后如谁对我做这样的动作，我还会轻则发火，重则翻脸。

我眼盯着自己的鼻尖的汗，面无表情，心里早已恨死了她：“争屁又怎么样？屁也是一股气！我又不是犯人，戳什么戳！”不知多久，她抬头看了一下表，皱着眉说：“走回去！”我故意一副无所谓的样子走回座位，刚坐下一会，铃声就响了。老师没有叫我交试卷。这下，我更愤怒，有一种被欺骗的屈辱，但我不敢反抗，又对着周围的嘲笑和指指点点视而不见。时间一过，大家就会淡忘了——这方面我有天生的免疫力，而心里的难过却如同一把刀斫了一块板一样，看似不深，痕迹却难消除。

二年级开始不久，有同学告诉我，说他们中午去了老师家，老师家里味道些（表示很好），电视、电冰箱、洗衣机、录音机什么都有，上面都盖了好看的白色花边布。老师还很客气，一直笑眯眯地让他们吃水果、饼干、棒冰。说得我羡慕万分，倒不是想吃饼干、棒冰，而是长这么大，没见过真的电冰箱、洗衣机，所以内心充满了向往。脑袋里把老师家的摆设想了千百遍，还画了很多次，可画来画去，感觉都像是外婆家的房子里摆上了这些物什。终于实在熬不住了，央了那位告诉我的同学带我去。她满口答应，说明天和老师说一下就去。

第二天，顶着烈日，我在校门口等了一中午。快上课了，才见她过来，我急得要哭："现在去还来得及吗，回来迟到老师不是要批评?"她抹着汗说："我去了，老师今天中午屋里没人，下次——下次我一定带你去。"我失望地盯着她，希望从她脸上看出她话的真假，可她不停地抹汗，我什么也看不出。我不知道该怀疑她根本没跟老师说，还是老师可能不希望我去她家，抬头看她气喘吁吁的样子，心里反倒过意不去了，只好冲她笑笑说："那就下次吧。"半晌，又无力地加了几个字："没事的……"心里却是难过，有个声音毫不留情地反驳：怎么会没事呢，肯定没下一次了。

下午，悄悄地问另一个同学："你去过老师屋里吗？她们去过了，都说很赞。"她给我一个白眼，说："你忒也晓不得啊？她们都是班干部才去的，我们又不是，老师叫我们去做什么?"我无话可说了，仔细想想，的确如此，就是说带我去的同学不就是劳动委员嘛。我算什么？是上学期被老师站讲台，用手指头戳着头的不争气争屁的人啊。本来心中的怨恨已淡去，加上对电冰箱、洗衣机的期待，我简直要对她产生好感甚至想要讨她喜欢了，可此时，那旧日快要熄灭的火苗又反扑回来，从此不仅对老师，对那帮班干部也敬而远之了。

这学期结束，就回老家读书了，新的环境里没人知道我的糗事，我就把她给忘了。当我考上大学，准备填志愿时，母亲突然对我说："我去问了你以前的老师，在立新小学读书时的李老师——你还记得她不?"

我一愣，脸上故作一片茫然，语气很不善地说："谁啊？忘记了！填志愿要问问现在的老师，小学老师晓得什么?"

母亲气结，直骂我没良心。

我扭过头不理她，心里却有一种报了仇的快感，似乎是自己拿着手指头戳回来了一样……

但在自己当了十来年的老师后，才觉得那时的孩子气。

故地：从头来

我小学的第一期工程结束了，回到那座破旧的石头房子里，又开始我新的小学生涯。这次是在大教室了，原来的小教室仍是五年级和一年级合用，大教室是三个年级一起上课。

教室狭长，幽暗，仰头就可以看见木头大梁上红漆的印迹，椽条上的瓦片黑灰白交错，斑斑驳驳得像一幅立体的黑白画，瓦中间嵌有几处书页大小的玻璃瓦，这一点可怜的亮光对整个教室来说实在微不足道。教室只有一边墙上有一个不大的窗，门就是整个学校的大门，教室后面有两个小房间是老师的办公室，老师也需从大教室的门出入，办公室隔壁是小教室，有自己的门。

教室太暗了，所以整天亮着电灯，若在里面待久了，一出门，外面的太阳保管给你一个头晕目眩。

二年级是靠里墙的一排，和三年级中间还隔了两根木柱子，木柱子上装有电灯开关，小小圆圆的黑匣子，用一根尼龙绳拉着控制。

黑板是一块大木板挂在墙上，比小教室那块要大一些。语文老师仍是以前的那个老师。我对重回故地，没有喜欢也没有不喜欢，仿佛一切本来就是这样，甚至那个曾经打过我的同学做出见到我的惊喜时，我都觉得他大惊小怪。

第一节课，老师说这个学期来报名的同学中，竟然有人把上学期期末的成绩改了，把6改成8，5改成8，7改成9，以为别人看不出来——想成绩好看一些嘛，自己也要努力才行。

我屏着气，心跳得厉害，把发烧的脸慢慢慢慢地埋进手肘里——我觉得他讲的每一句话都是针对我的，因为我把"75"改成了"95"，把"68"改成了"88"。当时觉得改得相当逼真自然，经他这么一说，实在是画划生硬、线条牵强，让人一眼可以看穿。等他讲完，点了几个人的名字，也没有我。就自欺欺人地认为自己刚来，老师说的肯定与我无关，他干吗去批评一个刚来的人呢，他又不了解，说不定她的老师写数字就这样写啊。又想，说不定他没看到我的成绩单，如果新的学期会发一本新的那就更好了，我可以把以前一切不光彩的都抹去……全然忘记了，自己也是当过他几个月的学生，他与我姆妈是熟悉的。于是稍稍抬了头，转眼看了一下边上，没人留意我，大家头都向门边扭，这才想起，还没人认得我，老师说的人大约是靠近门边的吧。

训完话，上课。忘了第一课是《春天来了》还是《春姑娘来了》，我前所未有的认真。可回到家后，母亲的第一句话是你把成绩改了，你认为我看不出啊。顿时如身坠冰窖，饭后为了怕再挨批评，认认真真地坐在床前读了好几遍课文。刻意地讨好取悦了母亲，她没有再讲什么。

第一次的考试是出乎意料的，我竟然考了94分，班级第一。这种滋味让我飘飘似仙，感觉终于扬眉吐气了一回，可又不敢张扬，在老师表扬时，压住怦怦跳的心，努力装出一副自然、虚心的样子，只是心里奇怪，自己怎么一下子就得了94分，难道就是因为回家读了几遍课文的缘故？又或者是重回故地，它借了"我后天成长的先天"，让我回到陌生里重塑了一个新的自己？

可我的世界总是维持微妙的平衡，东方亮了，西方就暗了，语文成绩好起来了，第一次数学却不及格，只有46分。在此之前，我对自己有无学过数学是没有印象的，记住这个数字，一是因为赚了母亲好几个“折辣拷”（用屈着的手指关节敲头），另一个主要的原因是那时的老师，姓陈（名字忘了），很漂亮，雪白的皮肤带着一种柔弱的苍白，又爱穿浅色的裙子，尤其是一条淡绿色的连衣裙，衬得她像仙女一样，优雅、温婉。我那时书读得还不够，看过的《三侠五义》里好像还没专门描写美女的句子，也想不起什么空谷幽兰之类的词，只觉得她比山坡上的野百合还好看，而且奇怪为什么她在讲台上一站，就让人莫名的心静和有一股舒心的凉意，暑气一下子去了几分。听同学说她是当时栈乡的四大美女之一，这让我有一种近乎崇拜的喜欢，我觉得我是懂得欣赏美的。

但喜欢归喜欢，我数学总是在红灯边缘徘徊。在家母亲教了几次，每次最后都忍不住发火：这么笨，木头也开花了，你还没听进去。

一天中午，我正和同学在外面玩，陈老师把我叫进去，要我做题目。我三下两下都就做好了，她蹙着秀气的眉头看了一下，又写了几道，我又做。做完了，她也不说话，盯着题目看了几十秒，我在边上汗都下来了：肯定又是全错了。过了一会儿，她突然笑了，就像我家后院的竹子被风吹了一下一样摇曳生姿。她示意我到她边上去，指着单位数乘单位数的竖式说：“喏，你这个全对了，单位数乘两位的也对，两位数乘两位数的就全错了——你把两位数乘两位数的再做一遍我看看。”

我重做了一遍，还是错，心里越发紧张。她歪着头，含笑说：“我知道你了……你看，你单位数乘以两位数，进位你懂的，两位数乘以两位数，应该在这里就进位的，你没有进，全部放在后一个一起进了——要分开的，知道嘛。”我点头，其实不大懂，可又不好意思说不懂。

她不说话看着我，我越“嗯”越心虚，脸不由得就红了。她低头想了一下，写了两个简单的，是“11×11，12×12”，说算算看。我做对了。

她说：“没那么难对不？这不涉及进位，你就会。再来算算这个。”

是18×19，我算的是972。

她扑哧一声笑了，说错了，你写出来我看看。我红着脸立竖式算给她看。

她拿过红笔，点着“7”说，这个7你加错地方了，应该和1乘9时的9相加，你看，她算给我看。

又说：“进位的时候，是个位数乘了，进位进到十位数，8乘9是72，7进到十位数，就是1乘9加7，162；再算1乘以18，把16和18加起来，是342才对；你把9乘18的进位全都加到下面1乘18的去了，变成9和18的8相加再加7，所以是972——就错了。”

我恍然大悟，脑子一下子开窍了，很诚恳地点头说：“陈老师，我懂了。”

她抬头温柔地看着我说：“做几道给我再看一下。”

这次，一道也没错。我心里雀跃不已，她眼睛含笑地说：“你去玩吧。”我转身到门口，她又喊住我，拿出2毛钱叫我帮她买一根棒冰。我愉快地接过，买回来给她。

她一直笑着接过去，我出来时，感觉她的笑就像六月天的棒冰一样，让我含在嘴里了。

接下来一次考试，我进步到了76分。然后就是一次比一次好，很快总成绩就在班级前几名了。

母亲终于舒了一口气，对父亲说：“脑子总算有点开门噢。”我心里想的却是：不知栈乡四大美女，其他三个是谁呢，比数学老师还好看吗？美丽的数学老师比数学成绩更吸引我。

母亲不知道我的心思，她还特意去娘娘庙烧香表示感谢，她似乎也觉得我回到故地，一切都从头开始了，一切都在变好。

长辈和同学

二年级下学期进行到一半，边上开始造新校舍了，老师一再叮嘱放学后要尽早回家，不要逗留，避免危险。

一天，我们放学比小教室的早一点，我就跑到小教室门口叫邻居的名字，问她走不走。和我同班的堂姑姑还在等我，老师抓住了我，把她也牵连进来。老师在办公室里批评我们，我不安地看着她，她紧抿着嘴唇，一副大义凛然的样子，我不由得学了她，也仰着头，一脸倔强，觉得自己也很有威武不屈的精神。可老师狠狠地盯着我们，严肃地问了一句："知道了吗?"她只在鼻子里哼了一声，我却忍不住低下了头说："知道了。"出门来，就自觉是个软蛋，禁不住拷问，很丢脸。

走到半路，为了掩饰自己刚才的怯懦表现，挽回一点面子，我故意以不屑的口气说起老师的批评，期望她能肯定下我的"不屈"。谁知她说："都是你，否则我也不会挨批评。你不到那边去，我也不会因为等你被老师叫去……"

我没想到她说出这番话，在外婆家娇惯出来的任性脾气发作出来，对她又哭又骂。

她也气了，声厉色荏地呵斥我。我更恼了，捡起石头扔她，可又不敢真扔到身上，虚张声势地掷到她脚边的地上。她说我不讲道理，扭头就走了。

我气呼呼地落在她后面，她越走越快，一会就没影了。等我慢吞吞地到家，母亲已经知道，倒没责骂，只是问了原因，然后说，你这脾气，没人会和你要好的。

我自知理亏，当然也明白，无论谁待你好，你都得识相，坏脾气不是谁都会接受你，也担心这样的自己上学连个伴也没有了，因此收敛了很多。

而对堂姑姑认识时日尚浅，又加上是同班同学，脑子里还没有长辈的意识，经常没大没小的，她也不计较，倒是处处爱护我，我们相处得不错，但是我没想到我的偶尔无心之过会给她带来大大小小的麻烦。

一次背王之焕的《登鹳雀楼》，老师说不背完不能回家，前后四桌一组，相互检查。我很快就背了，堂姑姑还在磕磕巴巴地努力，看着吃力。第一次背，在第三句卡住了，只好又读了几遍。再背，除在末句顿了一下，其他都挺好，我就给她通过，她挺高兴的。

第二天是周末，我随母亲去小溪边洗衣服。有人问我："你阿素阿娘（即姑姑）书背不出，是你特地给她开后门通过的吧?"

我不知道她又不上学，怎么会知道我们背书的事，就说："不是，她一开始背不出，后来背出来了，她自己背的。"

到了下午，在水井边碰见堂姑姑，她质问我："明明是我自己背出来的，你怎么和别人讲是你给我开后门了?"

我大吃一惊，不知道这话怎么就成了这样，赶紧否认，并把上午的事和话都给她说了。

她哼了一声，转身就走，说："我找她算账去。"

我傻了，怕她们会打起来，想去挡她，她已经走远了。

忐忑了一日，第二天碰到那人——按理我叫她也是"阿娘"，逮住我说："你和阿素学嘴了吧，昨日她过来向我问嘴。"

我老老实实地回答："是她过来问我，我就照老实讲了。"心里却很不以为然，你自己确实这么讲了人家，又怕人家做什么，反正我是没有乱讲的。

她笑笑，让我走了，看样子她们是没有打架或吵架的。

这事让我对她有些厌烦，觉得从此以后还是避着些好，免得惹上麻烦。又觉得，和她相比，我自然要更护着自己的堂姑姑。

我不想惹麻烦，可麻烦再次惹上我。一天放学，四个人一起回家。堂姑姑、堂姐、我，还有一个是溪边开小店的外甥女——她和我那个"按理的阿娘"是隔着小溪的邻居。不知为什么，她俩合起来指桑骂槐、拐弯抹角地嘲讽开小店的外甥女，一开始我还问这人这么坏是谁啊。她们马上说你不认识的，你认识她你要倒霉的，这种人还是不要认识的好。后来连我这么迟钝的人都听出来了，所以她气得不轻，忍不住反击。

可她俩马上说："我们又没有讲你，你气什么？"她就气鼓鼓地闭上嘴巴，她俩又开始变着法儿地说，不指名道姓，不带脏字地东扯西扯，把那"外甥女"气得咬牙切齿。几次，我以为她会一个人先走或独自落在后面不搭伴，可她又不，一边又恨得眼出血一边一路死跟着我们。我对她没什么好感，觉得她又嘴碎又坏脾气，在情感上绝对偏向，因此不插嘴，觉得和自己没关系。

回到家，母亲叫我去打酒，没多想，拿着酒瓶就去了。在小店门口，她外婆堵在门口，抓住我凶巴巴地问："你们下午放学骂我屋里小囡了，噢——"

我吓了一跳，待了一会才反应过来："我不晓得，和我又没关系——我又没讲她！"

她用她的一对三角眼瞪着我，一只眼上蒙了一层白色的眼翳，一只眼闪着凶光，看上去分外恶狠，我心里直叫苦："被瘟神抓牢了。"她见我不讲，就一直横在我面前，低着头瞪着我，也不让我进去。我一抬头就对上她的眼，只好也低头。我向左偏，她挡在左边；我向右挤，她抵住右边。

我无语，只好又抬头看着她下巴上一颗恶心的肉痣，说：“阿婆，我要舀酒。”

她哼着鼻子说：“是不是你讲她，所以你现在没胆了……”

我被她一诈，忍不住叫了起来：“我又没讲她，谁讲你找谁去？”

“是不是某和某某？”

“她们讲，你去寻她们，又不是我，问我做什么？”我不敢看她，低声嘟囔。

她盯了我一眼，让我进去了。买了酒，我有些不安，不知道这算不算出卖了她们。一路走，一路思忖，最后安慰自己，我又没指认是她们，应该不算出卖。可只顾着想自己了，却没有料到那泼辣的丑老太婆杀气腾腾地冲到阿公家告状，搞得她外孙女被人打扁搓圆了一样。

阿公和堂叔都生气了，要打死姑姑，姑姑拔腿就跑，堂叔把锄头向她背扔去，幸亏她跑得快，只打中了一点，痛是痛，还好不至于受伤。阿婆想护着，被阿公骂得直抹泪，父亲、母亲都下去劝了，堂姐倒没有受到多大的责难，堂伯母还是比较护短的。等我知道这一切时，真的是又吃惊又内疚，同时也想不明白，人家这么护着自己的孩子，阿公怎么不护，堂叔还是哥哥呢，干吗要当着别人的面打自己的妹妹呢。

母亲回来说人家讲是我告密的，问我到底怎么回事。我结结巴巴讲完，指天发誓自己真的没有想出卖她们。母亲叹了一口气，说：“你个傻瓜啊，你话就不能讲得圆滑一点吗？”

我不知道怎么才算圆滑一点，母亲又不说了，但总归这事与我脱不了干系。

我想去找阿公和堂叔，走到门口又不敢了，后来看见姑姑站在爷爷家的围墙下，就鼓起勇气走过去。

她还在抽抽搭搭，我一看，立刻也红了眼圈，低低地叫了一声“阿娘”。她说：“都是你喏，否则我也挨不了这顿打。”

我很想解释，可只是无力地吐出三个字“我没有……”，默默地陪她站了一会，不知说什么，只好又走了，但终归心里有愧疚，觉得自己实在是个笨人。不久，我从堂姐那里知道，两件事前后是有联系的。

从此，我们再也不找那家的外甥女一起玩了，她贴进来，我们也不理她，不讲不骂，只要她一走近就散开自己玩自己的。我们家差不多大上学的小孩有七八个，看见她，都马上避开，有时故意远远朝她吐口水。她难受得想哭，我们没人同情，觉得大家对她已经够客气了，我们姑姑可是因为她挨了打的。结果她那外婆又凶神恶煞地来指责我们，这次大人、小孩都没理她，大伯母不冷不热地说：“小孩子自己的事情，大人做活计也来不及，哪有这样的闲心管头管尾?”然后招呼我们进屋，把她晾在院子里，我们都觉得很解气。

我们的情谊在同仇敌忾中升温，虽然是同学，姑姑成绩也没有我好，但是我差不多成了她的小跟班。她带着我们摘野果子，割猪草，在地里烤地瓜、豆子，还去偷过桃子。

她还在我家住过一晚，给我和妹妹讲《红枣娘》的故事，明明我也读过，还背得出，可就觉得她讲得特别好听，她用方言学红枣娘骂县官，语气逗极了，学红枣娘跳到县官鼻子尖上后，县官斗鸡眼的样子，惟妙惟肖。我们把床板都要笑塌了。

后来上了初中，和姑姑还是同班同学，但她没有毕业就打工去了，此后除了寒暑假偶尔见见，平时碰面就很少了。不知道什么时候开始，姑姑就是姑姑了，温和亲切，我心里对她也有了一份对长辈的敬重，不敢再没大没小。太阳可以说自己没有年龄，但是人只能沿着自己的年轮行走，姑姑只是姑姑了。

还有一个同学，我按辈儿得叫他“阿叔”，是新学期搬新教室后的同桌。他家在后山岭头，我家在半腰，就是现在的新屋也是很近的邻居，中间隔了七间屋子。

我们坐一起，他实在没有当叔的样子，我也绝无对长辈的尊敬，我们两个都是淘气孩子，上课经常互搞恶作剧。

我们坐最后一桌，老师叫他起来回答题，我就悄悄移开凳子。我们坐的是长板凳，我只要稍稍抬起屁股，就可以把凳子移开。他不提防，一坐下就直接坐到了地上，我趴在桌上捂着嘴笑得肚疼。他也不生气，瞪我一眼，站起来，拍拍裤子，坐回去。次数多了，他只要一站起就拿眼角盯着，我手一有什么动作他就转头看我和凳子，坐下时更是特意看清楚了才坐。可饶是这样，他还是有中招，看时凳子还在身后，等坐下的那一刹却被挪开了，所以他的屁股还是落在了地上。他哭笑不得地看着我，我拼命忍住笑，充好人拉他一把，他故作老气地说："你啊，这样顽皮，对阿叔老人家一点也不尊重，小心我和你爸告状，打得你满地爬。"

"阿叔老人家，你别讲，别讲，我吓死了，消消气消消气……"我很配合地演着。

"嗯，还算有药可救，下次不准噢，晓得呒?"

"晓得，晓得，阿叔大人有大量……"

当然，他并没有去告状，向我父母没有，向老师也没有，只是在不断的战斗中积累了经验，只要一站起，他就用脚钩着凳子脚，我再也没有下手机会。

但是我没想到他竟然向我下手。有几次他故意摆出动手脚的样子，我很警觉，他就动了一下，我赶紧扭头瞪他，他压着笑，摆摆手。一次，我以为他住手了，就坐下，结果一下子坐到地上。我不由得气恼了，叫道："老师，你看某某……"他吓了一跳，丢过一个不满的眼神，一本正经地坐着装作看书。我也马上意识到不妥，赶紧闭了嘴，坐好。老师抬头，没看见什么，就又低下了。

下课后，我责怪他捉弄我。

他说："你捉弄我次数还少？还向老师告状——差点没把你阿叔老人家吓死。"

我哈哈大笑，自己觉得理亏，就约定往后互不侵犯。此后，他言而有信，我说到做到。

初中时，我们竟然又做了一年多的同桌。小孩子的把戏不做了，上课互相打掩护的多了起来。我们其实都还算用功，但是上课偶尔跑神、做点小动作仍是免不了的，老师的探照灯过来，就相互推推手肘、踢踢脚。我经常给同学背后贴小字条，他就帮我弄胶布，转移人家注意力，然后两个人一起躲在一边偷笑不已。被人家发现，十次九次都是他担责任，他说谁叫我是你阿叔呢。

他成绩中上，我仍是班级前列。可是几何他就比我好，我对着那几根线条绞尽脑汁时，他在边上吹口哨。我就拿铅笔去画他的书，他就边护着书边叫又欺负你阿叔，也并不真的生气。

有一次上课，我到黑板上做题去了，他竟然偷看了我小饭盒里的菜。等我下来，他就一直捂着嘴贼笑，说："萝卜菜头当菜蔬。"我莫名其妙，等中午吃饭才明白，母亲给我带的菜是胡萝卜炒盘菜（我们把盘菜都叫作菜头或盘菜头的）。我赖他偷吃，也不理他叫冤，硬是打开他的小饭盒分了他的菜——黄豆炖肉（肉就两片）。他哀号不已，我白他一眼：没吃你的肉，几颗黄豆已经是很客气了。……

到老师开始实施男男、女女同桌时，我们才分开。初中毕业后，几乎没了联系，后来他家房子和我母亲家相邻才经常碰面。现在，他娶了一个贤惠的妻子，有一个上小学的乖巧的儿子，我回母亲家碰到了，他儿子还会像哥哥一样领着我孩子玩。我有时戏谑地称他"阿叔"，他就很有架子地"嗯"一声，装作很深沉的样子说："当初你小孩子的时候，可没少欺负我。"然后两人不由得哈哈大笑。

再也进不去的门

三年级，班上新来了一个同学，她衣服时髦、精致，皮肤白皙，性格娇弱，举止文雅，身上有一股我们这帮野丫头从没有见过的气质，因此，我莫名被她吸引，只要一有机会，就跑去和她做同桌。和她一起，不由自主地就安稳了下来。

一次下雨，她穿着黑色的大雨鞋，一进教室，脱了雨鞋，里面竟然穿了一双轻便的白鞋，让我们集体呆了半晌。鞋中间一根两指宽的白色松紧带，把她的脚勒得小巧、精细。那鞋一两年后虽然风靡开来，可在当时我们确实羡慕。和其他女同学对她的鞋感兴趣的不同，我想要的是像她那样的一双小脚。不知道其他同学有没回家试过在大套鞋里再穿一双鞋，我是试过的，可惜不知是我的套鞋小了还是我的鞋子没有那么贴脚，怎么都穿不进去，穿母亲的大套鞋也不行，父亲的倒是可以，可是下雨天他自己也要穿，我只好悻悻地放弃了。随后又发现她的手也好看，手指纤细、雪白，骨节处有一圈淡淡的褐色，使得整双手像玉雕一样。我就伤心自己的手怎么这么粗、大，就经常拼命地拉捏手指，希望可以长些、细些，可是拉得嘎嘎响也没见长，捏得红肿也不见细下去，只能承认失败。无意中发现，手伸在太阳下的影子倒是小了一倍，显得小巧玲珑，于是只要有空就盯着阳光下的手影，想象自己就有这么一双小手，惹人怜爱，聊以自慰。

我们下课后“递木头”“追救兵”，满操场地野跑，她就坐在位置上看，最多和我们玩一下“立定跳远”，橡皮筋都很少玩。一次，有位同学在教室里追跑，一个不小心碰到她，她哭了，楚楚可怜的，吓得那个同学不停道歉，大家都围过来小心翼翼地安慰她，像哄着一个共同的宝贝。我在边上看得惊奇，这一招太好用了。中午放学后，我和几个男生玩“追救兵”，一个男生眼看被我抓住了，他突然转身，用脚一铲，结果一点泥巴飞到我嘴里。我赶紧吐了出来，换作平时，肯定凶巴巴地跑过去和他争吵一场，可现在脑子突然浮出了新同学梨花带雨的模样，于是抓紧地趴在桌子上哭了起来，眼泪倒是真的出来了，可人家哭鼻子红红的没鼻涕，为什么我鼻涕就流出来了呢？用手去抹时，心里就有一点尴尬。也有同学围上来，但惊奇多于安慰，面面相觑地奇怪我怎么哭了，更可气的是肇事的男同学也在边上瞧热闹，一脸不知所谓。我觉得有点收不了场，人家那是真哭，而装哭对我来说实在是个陌生手艺。还有人认为我肯定是肚子痛，跑去叫老师了。刚好有老师从门口经过，就进来了，这下我慌了，真的抽抽搭搭起来。

老师一再追问，我才心虚地小声说：“某某把烂泥踢到我嘴里了。”

“哦——”大家恍然大悟，“这有什么好哭的，吐了就好了。”

我觉得丢脸死了，只好支支吾吾地自圆其说：“有点点恶心，想吐……”

“哦——”老师说，“没事的，我们平时摔个头破血流也不哭的女子汉怎么会被这一点点小烂泥吓着……吐了，回去漱漱口就好了。”

大家都被逗笑了，我实在不好意思装下去了，也跟着难为情地笑了。

后来看书看到“东施效颦”的故事，就觉得自己做了件傻事。从此想也不想了，觉得还是吵架来得直接、痛快，但这并不妨碍我继续喜欢她。

她读了一个学期就去楚门了，我们的友情却并未因此中止，一直保持着通信，新的同学里都没有这么好的，我玩笑说“朋友总是老的好”。

我到楚门上高中，和她的学校很近。有几次月节，中午她就骑了自行车到学校寻我，然后载我去她家吃锡饼。蓝色的白鸽小自行车，衬得她越发娇小、纤瘦，我大咧咧地往后座一坐，蜷着双腿，右手搂着她的腰，左手往后座上一拍，说：“驾！”她就忍不住笑骂：“你个活宝！”有时约好了我自己到她家去。她家就在楚门街上，也不远，到了楼下，隔着大门，朝天吼一声她的名字，她清脆的声音就从三楼传来：“啊，你来了。”然后噔噔下楼开门。

一直到我读大学，才断了联系。等我回到楚门教书，在街上又碰见，彼此惊喜，可惜当时她匆忙赶车，没留下联系方式。此后，也见了几次面，只知她嫁了个生意人，现在自己边带女儿边和人合开服装店。我无意中进过一次她的店，晃了一圈，没有什么合适，又觉得有点贵，就没有买，回来后悔：怎么能因为一点钱而漠视这么多年的情谊呢。

也不是没有想过去找她，可是又觉得自己一天到晚在学校忙碌，她在生意场上闯荡，彼此生活环境也相差太大，见了面也不知道说些什么，又因为家小所累，渐渐就消了特意去找寻的念头。但有时上街，经过她家楼下，看着那扇大门，仍忍不住回想起她那清脆、高兴的声音：“啊！你来了！”

——只是现在我再也进不去了。

毕业不唱毕业歌

一　厉害的语文老师

毕业班了，语文和数学都换了老师，与原来老师性别刚好对调一下。语文老师也是班主任，齐耳短发，与四年级的数学老师有点像，但是面颊没她高，眼睛没她大，脸稍长一些、下巴圆一些，整个线条柔和了许多，左边还有一颗小虎牙，不笑时，整个人透着干练，严肃得有些冷索，凶起来还有些吓人，一笑露出虎牙，就如同春日冰融。可她笑得不多，我喜欢她之余，更多的是怕她，班上有很多同学怕她，不喜欢她。数学老师是我们校长，脸黑黑的，双眼皮，可眼睛不大，牙齿很白，整日笑呵呵，眯着眼，露着雪白的牙齿，有一种天然的亲和力，从不骂人，常常三言两语就能镇住最调皮的同学，我们不服都不行。相比之下，更觉得语文老师凶巴巴。

当时，学校年轻的女老师很多，我们在一起忍不住会议论谁漂亮。我二年级时教数学的陈老师据说调回中心校了，我妹妹班新来的语文老师很漂亮，微卷的齐耳短发，雪白无瑕的皮肤，眼睛大而有神，鼻子小巧高挺、嘴唇总是淡淡的粉红，那时还不知怎么来形容，换作现在讲，简直就是“肤如凝脂，清波流转，唇不点自红，倩笑嫣然”。很爱笑，浑身透着活泼青春的气息，又爱穿粉色、白色的衣裙，映得整个人像朵在风中摇曳的桃花。她也是栈乡的四大美女之一，我们知晓了两个，另两个不知道，很想从现有的老师里填补，可以这样的标准，实在没有，就降低了一个层次，我就把我们语文老师推了上去，遭到一致反对，她们说“老虔婆一样的，好看在哪儿”。她们推的，我又实在不敢苟同。很长一段时间，讨论老师的衣裙打扮成了我们每日的必修课，最后只评了个本校第一美女（就是我妹妹的陈老师）了事，我心里仍是觉得我们语文老师不差的，在学校排得上第二，这大概是我心里对她不自觉的维护。别的同学总嫌她凶神恶煞，也不见得她声色俱厉地具体骂过谁，只是在班上发过几次火，我就不大明白她到底怎么得罪了我的同学们，其中还包括她的亲表妹哎。

有一次自修，她去办公室拿东西了，有男同学不知说了我什么，我凶巴巴地回了一句：“你妈的——”她刚好从窗口经过，听见了，进来就走到我桌前生气地瞪着我，说：“做个女孩子，讲什么话哪？”

我从未被她说过重话，还当着全班同学的面，脸唰地红了，自知不对，咬着嘴唇不吭声，等她继续发落。她站了一下，却转身走了。同学们扭头看我，连大气也不敢喘。过后，我悄悄抬头瞄她，她坐在讲台上改作业，仿佛无事一般。腰板笔直，两腿分开放在地上，灰色的裤子裹着小腿，像树一样扎着，莫名就给人一股压力。

语文老师还教画画和唱歌（我们没有音乐、美术的说法）。一次她在黑板上画了一条小圆领的裙子，我不喜欢，我喜欢小尖领的，就画了个小尖领的，画好后问她可不可以。她愣了一下，看了看没说什么，“嗯”了一声就走了。我见她不是很满意的样子，就打消了还想在裙摆上画花的念头。本子发回来，打开一看是70分，不好不差，但我觉得自己至少可以得80分，怕就扣在自作主张上。她走到我桌面，轻声说以后还是照黑板画了。我嘴上应了，心里却想为什么不允许我画我自己的，又不是考试，但最终在后来还是一老一实地照样画了，虽然心里不大服气。

唱歌，是老师拿了一张大纸，上面用毛笔，工工整整抄了简谱和歌词，第一次学的是《兰花草》。先听老师唱一句，我们再跟一句，唱完了，再来一次，然后两句两句跟几遍，逐渐句数增多地跟唱一遍，觉得差不多了，就让我们齐唱一次，不对的地方，她再多教几遍。齐唱过关，就抽个同学站起来唱。个人、集体都过关，齐唱两遍，铃声在歌声中响起，好，下课。

那时真的只认得"1、2、3、4、5、6、7、1"，音节、音符一律不识，老师教完了，自己随心所欲地唱，也不知道什么叫跑调，每个人都认为自己唱得好听，学了新的歌，没吼上个几天，教室里，上学、放学路上是不会消停的。无知者无畏，反拥有单纯的快乐，自从有人告诉我跑调了，什么节拍不对、音准不对后，我就再也不能开心地想唱就唱，偶尔忘形，总有人像行家一样指出跑调了，脸皮再厚也禁不住再三再四的打击，现在一提唱歌就发怵，张不了嘴。可我的厉害的语文老师兼美术、音乐老师，她就从来没有说过我们任何一个人跑调。

二　毕业会上的内疚

语文老师一直对我很好，但我却在毕业会上干了一件对不起她的事——至少在我看来那是对她待我"好"的一种背叛。

在毕业考试之前，班里举行了一次座谈会，吃吃瓜子喝喝茶，老师和我们坐一起，也没了往日的严肃，气氛轻松的。

校长说来谈谈对老师们的意见，我的心就乱了。因为在座谈之前，好几个同学来找我，都是和我要好的，她们一齐要我到时提她意见，说她太凶。我不明白为什么是我，而且从心里讲我不愿意，我觉得她对我挺好的。

可她们问我："你讲老实话，她平时凶不凶？"

我想了一下，说："有点。"

"成绩是不是全班你最好？"

我不声响，看着她们不知何意。

"我们都被叫出去，挨过她骂，你有没有被单独叫出去过？"

摇头。

"晓得为什么吗？"

茫然，再摇头。

"你成绩好，你讲了，她也不会气你的，老师都这样。"

"你先讲了，我们再讲。"

我狐疑地把目光从她们脸上逐一扫过，没发现要害我的意思。

"其实讲她凶，也不是什么坏话，她事实凶啊！不信你问问班级里任何一个人，你自己不也承认吗？"

"有意见讲出来，也是对老师诚实，她教书以后还要教无数年，难道所有的学生都和我们一样听话？有时候，方法换一换就没有用吗？"

"你讲，她肯定听得进！我们没福气，以后她的学生就有福气，谁人不喜欢温柔的老师呀？"

…………

我的脑袋在她们东一语西一句中发涨，可我还在犹豫：我不想提。

"你说，我们和你好不好？"

"好！"

"好，你就帮我们提一句呗！你起个头，还怕我们不接着你讲下去啊？"

"对，对，做人要讲义气……"

"你不讲，是不是，你不想和我们好了……"

我在义气中沦陷了，稀里糊涂地就答应了。

没有人开口，老师点了我的名字。头脑一片空白，眼睛不由得瞟向那几个，她们一个个正拼命地朝我使眼色，嚅动着嘴唇说："讲，讲啊——"

我收回目光，耳朵里嗡嗡地充斥着"讲，讲，讲……"，嘴巴无意识地开口了："老师，就是太凶了……"教室里嗑瓜子、喝水、谈天的声音全部消失，一下子安静得连针掉地上都听得见，我蒙了，突然意识到自己真的讲出去了，在最后两个字上就哽咽了，抬眼看老师，她是一脸震惊，我的眼圈立马红了，不敢再看，低头悄悄地擦泪。

气氛尴尬了几秒后，她尖厉的声音响起："如果班里能每一个人上课都和你一样坐得端端正正，不讲话，不做小动作，我肯定一声都不讲……"

我从她颤抖的话音里听出了愤怒，眼泪流得更多了。

数学老师赶紧出来打圆场，而我再也没了心情，坐在那里不由得对我的朋友们第一次产生了怨恨。

第二天早读，她把我叫出去，在走廊尽头，问我："是你自己想起要讲的?"

我垂着头，摇了摇。

"那你为什么要讲?"

我不吭声。

"你能告诉我为什么要讲吗?"她的语气前所未有的温柔，温柔得让我羞愧。

眼泪又涌了出来，我哽咽着说："她们说我不讲，就是不想和她们好了，就是不讲义气——"

"她们是谁?"

"是……"我矛盾挣扎了好一会，怕讲出来后，她们真的不理我了。

她加了一句“老师会傻到讲出去?”然后很耐心地等着。

“就是那几个，你猜得着的……”

她沉吟了一会，笑了，说：“别哭了，哎——你被人家当枪用了。”

其实我心里多少也明白过来了，只是不太愿意相信罢了，所以更难过。

这事老师不计较了，她们又过来说：“我们就知道你讲，老师不生气的。”

可我生气，冷笑说：“你们说，我讲了，你们就接下去讲的，怎么没人应声?”

“我们来不及讲哎。”

“你一讲完，不是她就接下去讲了？我们没机会。”

我不理她们，扭头走了，心里哼了一声：“还真当我傻瓜啊?”

不过我不是爱记仇的人，用土话讲就是“没气没肠”，过了几日，气消了，又和她们和好了，但也告诫自己不能再上同样的当了。老师是没有责怪，这比责怪更让我内疚。

三　毕业考试

座谈会后几天，就是升学考试，要到栈头中学去。家里人都没把这当作一回事，早上母亲煮好饭后叫我起床，我起了，她又躺了回去——天还很早。

我拿了饭盒，先装好饭，所有菜都在锅上蒸着，就在小饭盒里装了一些鱼鲞、剩菜，用袋包好，放进书包，再检查了一下笔盒。然后吃饭，母亲蒸了蛋糊，其他都是昨夜的剩菜，饭还烫，胡乱吞了一碗。要走时，母亲在楼上说父亲裤子里有钱，拿一点去。我翻了一下，拿了两毛，大声告诉他们我拿了两毛钱。母亲又问我东西都带齐了吗，路上小心点。我说齐了，知道了，背上书包，扣上门出来，掏了母亲的手表一看，才6点多。

考试前已去过栈中，路就一条，一直走就是了。上山落岭，有几处房屋隐在离路不远的地方，炊烟正在升起。天显得有点暗，偶尔有鸟鸣虫叫，也不瘆人，安静、清新。行人很少，我一个同学也没碰到，一个人大步地走，汗吁吁的，脑子里啥念头也没有，只想赶路。现在想起，那长长的，一米多宽的卵石路，好像永远走不完，又像一下子就走完。不知古人赶考是什么心情呢，那可是我人生的第一次大考。

走到上栈村，卵石路变成了石条路，路边有了人家，我也碰到一两个同学，打过招呼，我举步如飞，越靠近考场，胸中越荡起莫名的激情，并没有和他们一道就自己走了。

上午的语文，我感觉不错，一出来就冲老师笑。老师想忍，可还是没忍住，问我怎么样。我说还好，她就笑了。

除了能回家的，所有同学都去下栈村的街上吃饭，我拎着书包有些不知所措，找到老师结结巴巴说自己带了饭来的。她愣了一下，说我去看看，然后带我去了一个房间，什么样的房间已模糊，小小的，靠窗放着一张书桌。我把东西放在桌上，进来一个男老师，是栈中的老师。她对他解释说："我学生就她一个带了饭，你说怎么办?"

"没事，就在这里吃吧。"我扭头看他对她笑（好多年后才知道那是她男朋友，现在是她先生）。

我坐在那儿吃完饭，并没有因为只有自己带了饭而难为情，仿佛这是理所当然的事情，但有点离群索居的空落落。吃完饭，还有长长的一段时间不知道怎么打发，她又不放心我一个人待在这里，想了一下说你去我家吧。我有点不好意思，是不好意思拒绝还是不好意思去自己也讲不清，最后是去了——不能让她在这里陪我一个中午吧。

在路上，我用两毛钱买了一个桃子——水蜜桃。我有些窘迫，因为没有更多的钱，若能买两个，就可以请她也吃一个。幸好，她俯身也买了几个。桃子粉嫩多汁，皮一撕就掉，我并不喜欢，又想快点吃完，可以和她说话，弄得满手黏糊糊，又没处擦，日头晃了出来，含含糊糊的，又飘着雨丝，我用手接了一点，又悄悄吐了口唾沫在手心，两手来回擦拭了一下，不那么黏了，但仍是难受，跟在她身后就别扭。她没有察觉，不着边际地聊着，我的伶牙俐齿跑光了，规规矩矩地有一句答一句，更多时候是一前一后不出声地走着。

到了她家，她指着脸盆，让我先洗了手，然后向她的母亲、妹妹介绍我："这是我的一个学生，中午没地方去了，我让她到家里歇一下。"她家干净、明亮，她母亲温和、亲切，脸上一直笑着和我说话，把我当作贵客一般，她妹妹也很客气。我有些受宠若惊，表现出前所未有的教养和礼貌。

下午数学，是她和我共同担心的，但数学老师不愧是教了几十年的，押题很准，有些题目他干脆让我们背起来。这个方法确实不赖，在高三，我有一个同学就数学考了个高分，上了重点，我后来也是靠它在高考时考了 100 多分，挣扎上了本科线。

考试结束，脑子放空，心野了，在外婆家玩了些时日，放榜，178 分，全乡第二，比乡中心校的一个男生低半分。179 分就可以上楚门的中学，我可没意识到这 1 分意味着什么，只好笑为什么是 179，而不是 180 呢，179 多奇怪呀。

这成绩所有人都高兴，我松了口气，觉得是对得起老师了，先前的羞愧消淡了许多。

只是，这场考试，全家似乎没有人重视，包括我自己，就像去做了一趟客，吃了顿好饭回来一样稀松，我的小学就结束了，忒漫不经心。

第二辑

尝一种滋味

吃肉不问出处

我小学一年级时，住在大姨家。大姨门前有一条小河，那年雨水好像特别多，好几次河水都漫到了院子里。老鼠也突然多了起来，竟然动不动就从院子里冲到房子里。还一个赛一个壮硕，光天化日也敢在屋里横行，养了好几只猫，总是没几日就被人顺走；养了狗，叫得厉害，拿耗子不是强项，还老和猫干架。投了老鼠药，老鼠没药到，家里的笨鸭子倒死了一只，老鼠甚至猖狂到半夜爬上床差点咬了姨丈的脚指头，全家人都又惊又怕又生气。

最后姨丈说忍无可忍了。他削了筷子粗细的竹签，沿着院子、墙角，从前门插到后门，离地三四公分处缠上一道细细的铅丝，隔着几公分高，再缠上一道，布下了天罗地网。他干这活时，让我们走得远远的，还告诫我们晚上不许到院子里去。

一连三日，都不见什么动静，我想这东西肯定不大有用。第四日，放学回来，东西全都收了，我问大姨："有捉住吗?"

"有。"

"多吗?"

"多——好吃饭了。"

我跑到厨房，看桌上一小面盆的喷喷香的炒肉，来不及洗手就拈了一块塞到嘴里，唇齿生香。表哥盯着我，笑得诡异。

“好吃——”我边洗手边说。

“好吃，就多吃一点。”

“嗯。”我坐下，拿起筷子先夹肉。

“今天，我不和你抢，由你吃多少。”

“这么多，你当哥的还和我抢什么？”我翻白眼。

“嘿嘿……”

“你知道这是什么吗？”表姐欲言又止。

“什么？”我把一块肉塞进嘴里，也嘀咕，哪里来的肉，大姨不可能杀了家里的母鸡，难道老鼠没电死，电死老母鸡了。

大姨丈敲了敲盆沿：“吃饭，讲什么话？”

我看他们，碗边多多少少也都堆了骨头，就继续吃自己的。

“这个贼胆，”表姐笑嘻嘻地说，“阿爹，看样子，她不会吓的。”

“什么？”我正夹起一块看似鸡腿肉的肉送进嘴巴。

“老鼠肉——”表哥突然大叫。

大姨生气地用筷子敲了他一下，说：“你吓她做什么？”

其他人都盯着我，我愣了一下，慢慢吮了吮嘴唇——上面大概沾了一点葱花，说：“阿哥！你吃得也不比我少。”

大姨、姨丈吁了一口气，姨丈说：“用电捕的，不会有毒。”

我吐出骨头，想了一下，说：“反正好吃，毒死也不管了。”他们笑了起来。

“竟然有这种人？”表哥气哼哼地。

“拿钱——你输了！”表姐不放过他。

一大锅肉吃得只剩一花边碗，第二天我起晚了，吃早饭时，碗已经空了，我庆幸自己昨晚临睡前又跑去吃了几块。

大姨家有只大黄狗，就叫“大黄”，身架比我还大，老是一副严肃的神气在屋前屋后巡视，动不动就竖起眉毛瞪我。不知道是我在它“狗拿耗子”时大声笑了还是它和猫打仗时我帮了猫咪的缘故。我恶作剧，乘它趴着打瞌睡踢它肚子，它都眼皮也懒得抬。可一听到表哥的声音，就抖着耳朵一激灵站起来往外跑，黏着他，缠着他的腿绕几十圈也不嫌晕。反正它待见家里谁也不待见我，我也摆架子。即使我是家里最小的，地位怎么也比一只狗高吧。

假期无聊，我坐在门槛上扔石子，不留神扔到邻居的狗，它疯起冲到家门口，我只来得及起身逃回屋子，门都没关，它叫嚣着在门外徘徊，大黄低吼一声，奔出去，堵在门口，吠得更凶狠。我去厨房寻了半天，拿了一把饭铲子出来准备助阵，人家已被吓跑了，远远站着虚张声势。大黄仍立在院子里中气十足地吠叫，见我出来，侧着头斜了一眼，仿佛是说：“拜托你，要打架拿把菜刀好不好?”

这一次的“团结互助”也不见得它对我的态度有什么改变，我准备关门上楼看小人书，它跑出去了，到中午还没回来。

下午睡醒，家里一个人也没有，隔壁的说大黄在生产资料市场前面被拖拉机轧死了，你哥和你姐都去了。我拔腿就跑，到了那里，市场已差不多关门了，路上连滴血沫子也没有，我到村里的山脚下的小冶铜厂去找，平时我跟着他们就在这里捡烂铜废铁换钱——没有人。三四点钟的太阳依然猛烈，汗流浃背地找了一圈，世界上的人这一刻都失踪了一样，我谁也没找到。发了一场大梦一般地回到家里，却听见表哥的声音。

我冲进厨房，说：“阿哥，隔壁的阿婶说……”

他正点着筷子，得意地说：“这贼，以为我好欺负，幸好我……”

“大黄……”

“围着不让他走，把我家的狗轧死了，还想剥皮吃了，消灭罪证，谁和他罢休? 我告诉他……”

我闭嘴，站在门口看他。

“阿爹，我讨了半只回来，阿叔又来讨了一点过去……锅里炖着哪。”

“你会煮?”

“阿叔教我呢——简单的啊，吃都不会，怎么过生活?”

“嗯，狗肉是好物什，可惜了……”

“死也死了，有什么办法，自己不吃，不便宜了那个贼?”

狗肉熟了，在锅里咕嘟咕嘟散着香气，不要看表哥才十四五岁，狗肉煮得真香啊。

可我不吃，死活不吃。他们说：“狗死了，就是要被吃的，自己不吃，就被别人吃了，懂吗?”

又说：“老鼠肉都敢吃，狗肉怎么不敢了?”

“这么香，好吃死了，狗肉可不是想吃就有的。……”

“少林寺的和尚别的肉不吃，狗肉都可以吃的。……”

…………

拗不过，我拿筷子蘸了一下汤，在嘴巴里吧唧几下，说：“不好吃!”

“这个人怎么这样?”表哥气结。

“这人听不进去，别管她了。”表姐最后说。

我盯着眼前的青菜扒饭，不看那肉一眼，也不看他们。

一锅肉，一顿就完了，晚上我坐在床上想，大黄的骨头倒在垃圾堆里会不会被其他的狗叼走。

楼下，大姨在问：“都埋了?”

“埋了，坑还特地挖得深一些，和它的皮一起埋了，上面压了一块石头，不怕被什么野兽挖出来。”阿哥说。

我倒头就睡，从此家里安生了，也寂寞了。

守蟠桃

在大姨家，跟着表哥表姐摘过梨，摘过杨梅，一天，表姐突然拿出五六个我从来没见过的东西，圆圆、扁扁的，我以为是柿饼，她说是蟠桃。中间陷进去，从上看，像一朵多肉的花。

一人一个分到手，我看她“啪”一下把它掰成两半，蒂部放射性地散发出一些紫红的线条，嵌在嫩白泛绿的果肉上，去了核，像半个绿馅饼被咬了一口。如果现在，我肯定说它是“玦”的翡翠毛坯。

表姐说这是王母娘娘的蟠桃，吃了可以长命百岁。我将信将疑。他们开始吃了，脆生生的一声“喇”，像布帛裂开一样。我也咬，不是很甜，丝丝溜溜的酸里有一股青草气，咽下去，舌尖和牙根处又有一点甜味流连不去。我还在吧唧嘴，他们都已经吃完，我怕没有第二个的份，赶紧三下两下吞了。可还是没有第二个——不多不少每人一个。

正懊恼，大姨说等几日树上熟了，再摘。而树竟然就在院子靠河那边的空地上。因为河边没有水埠，那里大姨从来不准我涉足，而院子里齐屋高的大树以及树下堆得老高的石块、瓦片、木板等杂物更是迷惑了我。蟠桃树和大树比，简直就是个小孩子，应该刚种下的，今年第一年结果，才十多个。

家里人都要出门，表姐说给我当个官。什么官呢？守蟠桃的仙女。她说，王母娘娘的蟠桃园就有专门的仙女守着的，孙悟空来偷蟠桃，仙女是不让他偷的，你就做那个仙女。我说仙女不是官啊。她不耐烦地说你就是那个蟠桃官好了。我也不大明白什么是蟠桃官，但有一点是知道的，就是不要让别人来摘我家的桃子，这是仙桃。

表姐搬了一把竹椅放在门前，正对着门口，脚可以舒服地翘到门槛上，出门前还特意用手指了指右边，我会意。

整个下午，我都在椅子上坐着，左手对右手讲话，左脚和右脚谈天，数扣子，转脚指头，不时用眼睃着河边，等着太阳跑下山。今年的河水特别满，绿油油的水载着浅绿的浮萍缓缓地游荡，百无聊赖的样子，世界渐渐在我眼里越变越小，越来越模糊，最后消失在黑暗里。树上的知了拼命地叫，余音化成一条丝在远处随风飘。

应该就一会儿吧，阳光仍然把一切打磨得发白、发亮，可是却刺得我感觉有 100 年那么长。我都不知道自己坐在这里干什么，似乎在等待一个遥远的约定，远得超出我的记忆，可更像是一只甲虫落入四下茫茫的大千世界，无所适从。突然一道红影倏忽闪过，隐入石堆后面。“贼?”感官一下子全部复苏，毫不犹豫地抄起门边的短棍冲出去。

一个红色的大塑料袋钩在枝叶上，冷静地和我对望，脑子冷下来了。这是一个让人哭笑不得的恶作剧，但是我舒一口气：我还没有面对真贼的经验。把袋子从树上拿下，真是一棵瘦弱的树，树干纤细，枝叶柔嫩，十来个桃子皮上结着白毛，刺刺地生在枝上，像开了一串娇绿的大花，有些花芯还透出了几点红晕。我摸了一把，有一丝温热、一丝清凉，手就粘住了，软绵绵地放不下。手指摩挲着它，覆着桃皮的毛开始脱落，露出光洁的一小块。

来了一点点风，把塑料袋窸窸窣窣地吹到了水里，却足以吓我一跳，我的大拇指和食指正掐在桃蒂处……红色的袋子像一件衣服在水上漂流，夹着河水的波光一起触目惊心，姐姐临出门前微笑的脸在水里沉沉浮浮。我心跳肯定停了，气都散在强光里，成了亮闪闪的金星，我要倒下去了……结果另一只手里的棍子掉了，敲在我裸露的小脚趾上，痛得金星都变成了眼泪。魔力消失，我的手终于自由了，可是手指却像针扎了一样痛——蟠桃的毛有毒吗，甚至比红肿了的小脚趾还痛。我背着手，拖着左脚慢慢走出来，不知为什么就是希望没人看见我，尤其是右边的那个上海女人。

晚饭时，表姐问我今天有没有人来。我把“没有”回答得响亮干脆，她很满意。

饭后，去隔壁上海女人那里看电视。那个胖女人指着我，不怀好意地对姐姐说：“下午，我看见她到那里面好久才出来。”

“啊?”姐姐说。

我也喊了一声：“啊?”

“就是你家的桃树下，”她用另一只手指指，了然于胸地说，“她还背着手出来，肯定是偷吃桃子了。”

“你——乱讲!”终于明白她要讲什么了。

“你进去拿了一个短棍，出来没了吧，手是背在后面的吧，鬼鬼祟祟的，我站在窗口什么都看得见。”

“我没……”我想理直气壮地吼出来，可眼泪比舌头跑得更快，我的两根手指还有点发痒，压得我没了音量。

表姐看看她又看看我，沉吟了半晌笑笑说：“她不会的啦——”

“啊呀呀，这么大正是贪吃的时候，不过小孩子嘛，难免的呀……”

“我吃了我狗生!”

“啊哟，啊哟，小孩子不好讲这样的话了——是婶婶我多管闲事了！”

表姐没理她，拉着我出来。我在院子里站住，抽抽搭搭地讲了下午的事，但是那两根差点犯错误的手指被我坚决地忽略掉。为了证明所言非虚，我要她去数一数桃子数，是不是和早上出门一样。

“不用了，你是自家人，就是吃了也没事，何况我不信你难道去信那个女人？信她，我也不会叫你在家管了。”

我长吁一口气，心里既高兴又难过。

后来有没再摘下，有没再吃到，已然忘记。再大一点，读到《西游记》，却并没有写到王母娘娘的蟠桃是什么样子；电视剧里《西游记》里的蟠桃就是普通桃子模样，而且看着很假；村里做戏，老寿星拿的据说也是王母娘娘的蟠桃，大得离谱，是粉做的，可也是一般桃子样子。而大姨一家早已另建高楼搬走，院子里盖了几间小屋和老屋一并出租，蟠桃树不知所踪。二十年后，我在镇子的水果市场上发现了它，红得发紫，像一朵朵妖艳的罂粟花，吃起来却带着盛极而衰的糜烂和腐败。仅此一家，我没的选择。看着沾满殷红桃汁的食指和拇指，突然想，如果那个时候我知道了孙悟空，知道以后再也吃不到了，还会不会把这两个手指拿开呢。

开满鲜花的屋顶

大姨家的厨房与别家不同，是石板搭的平顶，在一片黑瓦的最东边，蓦地腾出一角空间。夏热冬寒，实在不知道有什么好。我日日从屋后经过，看它下半截墙贴着路基，窗子以上部分露在路上，从没动过心思说要细看一眼。

一日早晨，从屋角拐出，却发现表姐在屋顶忙碌。看见我，招手叫我上去。我的手勉强能够达到石板，厨房的窗楣上嵌了一块石板突出四五公分可以踏脚，站到窗楣上，再抬腿却够不着屋顶了。踮起脚尖，侧身将另一只脚挂上去，可使不上力，上不上下不下地尴尬。她来拉我，表哥刚好经过，托了一把才上去。上去后，屋顶原来别有洞天。沿着“L”形的墙壁，砌了一溜红砖，里面栽了五颜六色的花。叶子细细碎碎的，远看像金鱼藻，近看觉得它粗一些，肉乎乎的；花是五瓣居多，夹着几棵重瓣，颜色却有鹅黄、橘黄、紫红、粉红、大红、白色的六七种，矮矮、密密地交织在一起，似石板上长出的一道彩色篱笆，衬得黑闷、陈旧的瓦片也多了一点温和气质。这是表姐种的午时花。

我俯下身子，感觉自己成了一只和它们一样高矮的拙笨小鸭，摇摇摆摆地从这头晃到那头，又从那头晃回来，表姐说我又犯“痴”。晃累了，趴在石板上，目光和它们齐平，让自己变成一只小小蚂蚁，爬进花丛——那就是我的世界了。

这个夏天，我再也不愿意四处跑了，我盼着他们上工的去上工，补课的去补课（乡下的中学暑假总是安排补课），然后搬一张骨牌凳爬屋顶去。九十点钟的太阳已经热辣，石板滚烫，多坐一会几乎就要烙出泡来。我艰难地躲在烟囱单薄的一点影子里，看着太阳穿着黄色的鞋在花上走动。它们似乎比我还热，可依然精神抖擞。我把影子叠在上面，画出我们共同的肖像，可以是侧影，可以是半身，可以是头像，也可以只是一个眼神。

后来发现自己可以带一把伞、一把扇、一把小凳、一个水壶，甚至更多的小玩意儿上去——坐在小凳上，撑开伞，摇摇扇子，喝喝水，最适合谈天；当然也能躺在伞下，扮演大梦初醒，不知身在何处；拿掉伞，做些小狗、小鸟、兔子、蛇的手影在花里穿梭，也无不可；碰巧穿了我粉红色的裙子，扎了粉红色的绢带，就唱个歌、跳跳舞，但是唱歌不是我擅长的，记不住歌词是很扫兴的，就唱四姨教的《桑园访妻》《沙漠王子·算命》——只会这两段，看着手影子在石板上甩出去、收回来，午时花仰着脸倾听，似乎就真的在台上演绎悲喜了；有时摆弄摆弄瓦片、铁盒子，加几根菜，可以烧一锅饭菜；……有几天来早了，光还停在右边的花上，聚光灯一样发亮，她们就在光里梳妆，花瓣的露水眼珠一样滚动，清亮亮的。趴下去，对着轻轻一吹，它缓缓转身，跌到小而肉的叶上，再逆着流向下一片叶子。阳光强起来，她们的脸亮起来，有装扮后的精致。蜜蜂被吸引了，前来沾沾这朵，惹惹那朵。我也开始忙碌，没空招待它。

我运用所有房子的知识，规划了我的卧室、堂屋、厨房、便桶间，用粉笔画上一个正方形，两个一大一小的长方形，那是电视、冰箱、洗衣机，还有只知道名字没见过面的沙发、书柜、席梦思，总之是一堆方形错落有致地摆满了我的房子，架上一把大伞——圆满了。顺便把路那边的小河“挪到”我花园外来，取水烧饭、浇花方便万分。

我的一日从花丛中穿梭出门开始，渡过小河去工作，有时是像大姨一样去码头挑贝壳碎（我们叫蛎灰壳，拿那些贝壳碎高温烧了，就变成了蛎灰，其实就是石灰），有时和姨丈一起去闸门那里倒网箱，像姆妈一样去工厂上工，还要播种、割稻，像二舅舅一样放鸭子、种萝卜、甘蔗，跟外公去看晒盐都行的。顶不喜欢的是去给大舅烧蛎灰，太呛人了，不过在烧之前，在贝壳碎上撒谷壳（我们叫谷糠）还是可以考虑的，如果阿爸不留意，大舅在谷壳里面埋块番薯什么的，那就更好了（可是阿爸经常很讨厌地说小孩子快回去做作业）。……回来要先过河（有时可以装作摇小船），再走过花丛才到家。忙了一天，吃过饭，一定要捶捶背才可以。躺着用手指点点小红、小黄、小白、小粉红的，她们就来敲敲腿敲敲胳膊的。日日劳作不是太累了吗？要有新的时光才行，带上我自己画的永远没有胳膊、手，只有头和身子的美人图去找她们，铺在砖边沿就是粉红、玫红等仙女了。激烈点，就安排一场打仗，我告诫她们要勇猛，像小人书里的梁红玉一样冲锋陷阵，我挥舞着伞，威风凛凛地指挥着一切。……

这样的屋顶什么都好，就是不利于便溺。当便意上来时，就像灰姑娘的十二点钟声一样让人无奈。当然也听过小便是很好的肥料，可是一想到下面摆着的就是我们吃饭的桌子……所以只好乖乖地爬下来，爬下之后就发现快中午了。

偶尔也有什么都不想干的时候，就躺着，看那些飘浮不定的云，等它们走净了，我就把我的花儿搬到天上去，用手指画满整个天空。太阳升高了，阳光刺眼，就用左手捂着眼，右手继续挥洒，把我开满鲜花的屋顶搭到天上去了，我在无比宽大里昏昏欲睡。久了，意识有那么一霎的清醒，猛地坐起，眼前冒了几点金星，之后，就剩下漫天的湛蓝和纯净，还有那条不声不响流淌的河上泛着的波光，四下安静，我那些娇艳的花儿也陪着我沉默，思忖着那些云彩和花朵被河流带向了什么地方。

“山中不知岁月”，我不记得在上面和她们一起厮混了多少的日子。

一个夜晚，表姐突然叫我陪她上屋顶去。我担心上面画的大大小小的格子，所幸月色并不明朗，她没有发现。她给花浇了水，我们坐在蓝黑的夜幕下，月亮在几片云影里流连，星子如同钻石一样扎在幕布上，四周是蛰伏的黑暗，花们在寂静里休眠，偶尔掠过的月光给它们镀上一点光影，就像闪烁在屋顶的星星。数不清的萤火虫从河边的草丛钻出，好像白日把灿烂赠给了夜，河对面人家昏黄的灯光排在水里，又似是萤火虫飞去一般。屋子成了一艘茫茫然不知驶向何处的船。姐姐不说话，我偷偷看她锁着眉毛，也不敢开口，只是想着萤火虫飞到天上不知道会不会比星星亮。坐了一会，姐姐叫我先下去，她一个人又待了很久，直到大姨叫我出来找她，她才下来。——鲜花和屋顶原来并不是我一个人的啊。

我要回老家了，向姐姐讨了花秧，她给了我一包比芝麻还小的种子。

我家没有平顶，我沿着墙角撒满花籽，围上小石块。它们长得很快，似乎不留意间就开出来了花，侍弄它们就是我放学后最大的事情。可是才开了几朵，就被家里的母鸡吃了个精光，连花梗都不曾留下。后院柴屋脚下的那一排勉强多支撑了一两个星期，终究也没躲过母鸡贪吃的嘴。一年后再到姨家，我已经可以自如地爬上屋顶，那些花依然在，却似乎失了原来的趣味，我没有再拿来种过。过了几年，大姨建了高大的新屋搬走了，我没有再回去看过，表姐也没有。

今年八月，我一个人驱车去看生病的大姨，回来绕道老屋，若不是路口几十年未拆的小卖店，差点就迷路了。从路口进去十多米就应该是的，可是开了百来米都还未找着。掉头出来，看到一幢两层的小楼很眼熟——那是以前隔了一条米把宽弄堂的邻居吗，边上的小树林、两层的石头瓦房几乎全部成了四层、五层的楼房——只有它边上的这座还是瓦房——整个屋顶全部是瓦片，不知道远在西安的表姐知不知道。

我摇下车窗打量它，屋顶左下角——原来厨房的位置，上面的瓦片与其他地方不同，灰白的颜色比那些泛出陈旧水渍、长过瓦松的老瓦明显年轻，黑与灰中间起伏的分界线把彼此分割得泾渭分明。小弄堂浇了水泥，尽头院子里的乱石堆、野文旦树、蟠桃树成了几间灰不溜秋的水泥小屋。我想走下去，可太阳还在头顶呢，却一点也不妨碍明朗朗的天突然下起雨来，一阵大过一阵。雨水沿着玻璃一股一股地大力冲刷，把鲜花打成泥浆，把平顶冲成斜坡，似乎还准备把所有的痕迹都冲走。玻璃仿佛成了被狂风暴雨肆虐的湖面，窗外的房子一点点模糊起来，像倒影一样后退、消失。我的视野被拥挤的楼房占满。

山野知我意

三年级了，学习认真了很多，争胜的心也渐渐产生。

新教室前后墙都有一块黑板，前面的上课用，后面的，老师用来贴班级里的好作文、书写作业。作文，经常贴的就那么几个，写字的贴得多些。我的作文被贴过，但书写的作业大半学期过去了也没被贴过一张。有时看看贴着的那些字，觉得也不怎么样，有些还不如我呢。心里很不服气，就更用心地写字，一丝不苟地写，人家又贴了，还是没我的份，不由得心生怨气：老师真是没眼光。嘴上不敢说，常在黑板前和别人暗暗比较，虽然有时不承认，但的确有人写得比我好。于是一边大力赞美心里认定的对手们，希望她们生骄生躁，一边暗中努力。终于在接近期末时，我的抄写也贴了上去，并和其他几个同学一起被老师表扬：写字要参照贴在后面的同学的字，要工整，要……

总算扬了一口气，好几天偷偷地瞄着自己的字，面上很不在乎的样子，心里其实乐翻了。

这真算是努力学习，实现母亲口中的“争气”了，大人们相当满意，可我自己不满意，我在更多时候却总想在什么地方戳破一个口子来钻出去。

我看姑姑、堂姐、堂哥他们一放学就满山地跑，在坚持几日后，我很快抛开了一切顾忌跟他们去了，感觉像回到在外婆家时的自由自在。他们教我认识了覆盆子、野野参、山楂、毛楂……还有一种和马齿苋长得很像的草，我们叫它“酸酸梗”，把它的外皮剥去，吃起来酸酸爽爽的，很清口入味。我们一路找野野参、覆盆子吃。野野参的叶子很少，叶和叶苔上都有白色的小绒毛，并不难找。我找到了，用手扒几下泥土，连根拔出，剥去根上的皮，露出雪白的根，塞到嘴里，咬一段嚼嚼，带点药味的苦涩，过后却是淡淡的甘甜。因我是新手，兴致很高，他们也不和我抢，只是这来来回回的，路上的野野参都被我们吃光了，要走得更远一些才有。覆盆子也少，树到处有，可枝头要么是空空的，要么挂的果子是惨不忍睹的。山楂更少，多的是毛楂，很长一段时间我都以为“毛楂”就是山楂，现在知道“此楂非彼楂”了。毛楂又叫“毛辣厉”，因为掰开里面全是金黄色的毛，去掉毛和籽，果肉是酸中带甘味，不常吃，因为这毛会涩嘴。还有茅草根，若扯出一把，捋净泥土，是很甘甜的。还有松毛糖，真难相信，松针上白白的东西会这么好吃。他们习以为常，却为我打开了一扇新奇的窗。我迷上了这些东西。它们比学习、比成绩更有魅力，山野又是如此慷慨地赠予和容纳，它安静，我喧闹，它不介意我喧闹它的安静，纵容我融进去，和它和谐地交集，自由来去。那段时间，我处于似乎知道自己要干什么，又似乎不知道到底想要干什么的状况，在学校努力扮演一个符合父母、老师要求的好学生，可在心底总有一只小兽在叫嚣，身上也有一股无法发泄的力量在咆哮，很想反抗大人加给我的一切。

我们经常在大中午顶着烈日在山上游游荡荡地走，碰见能吃的就往嘴里塞，像土匪一样掠夺过去，没几日就剩下“酸酸梗”了，它是一路不缺的，于是五六个人，每人嘴里叼着一根，也不用手，用牙齿逐点地咬进去，吸了酸溜溜的味，再吐出来，走几步又可以折一根再咬……我是其中最自得卖力的一个。

太阳猛得刺眼，知了躲在树头冲我们死命地喊叫，草丛中不知名的小虫被阳光晒得憋躁，也跟着呐喊，我们虽然满头满脸的汗，心却自在凉快得很，并渐渐忘却了时间，颇有山中不知日月长的意味。

于是接连迟到了好几次，有一次还迟了半节课。老师生气了，逐个批评，我是最后一个。大约因着成绩好，老师语气比较温和、委婉，说："班长要带头，怎么能迟到呢？……"本来只是觉得有点难为情，想好好认个错，听老师这么说，羞恼不已，就说："我班长不当了……"

"为……为什么？"老师一下子被噎得讲不出话。

顿了半晌才说："我批评你，是要你不再迟到，带好头，你怎么能一赌气讲班长不当——多么辜负老师的希望啊！"

我低头不吭声，心想不要这些东西我还来得自由呢。结果下午放学一回家，就被母亲骂得抬不起头，不得不承认自己的不对，写了保证书，保证不再重犯，才被饶过。

我们愉快的野餐时光就此结束，自由是被定在框架里的，信马由缰只存在山野，我跑入山野，才发现山野也跳不出人类的框架，可我还不想认命，还想突破一下圈子，马上就有人对我说："你是班长，老师不批评你，我们是要吃批评的，说我们把你带坏了。"

这话令人伤心，我不知老师和他们说了什么，还是他们以为我和老师说了什么，有点百口莫辩，但若因为自己连累别人，又是我万分不敢、不愿的，于是认命，收了心，收了手脚，除了有时还会站在三岔口发呆，一般都只是安稳地走路。在父母和老师看来，我是终于真的懂事、听话了。

二十多年过去了，那些曾经一起贴在黑板上的"对手"和一起在山野游荡的"战友"，很多人初中没毕业就辍学了，有些人名字也记不起了。江镇很小，在街上走走，坐个车都可能会碰到意想不到的人，可是碰到他们的次数却屈指可数。我回到原来的村庄，学校几经变迁，现在是一个镀锌小厂，山野也日益面目全非，清晰的只是那时的三百格和田字薄，还有写在上面的工整、清秀的铅笔字痕迹，以及曾满山跑的身影。

我仍站在三岔口发呆，学校在它后面，山野就在眼前，这里距我的记忆最近，可想起的却是一句悲伤的诗“风虽大，都绕过我灵魂”。

偷的是仙桃

我们实在都不是安分守己的小孩，大人们断了东边的路，我们很快就在西边架个梯子爬出去。

连着几天下午放学，他们没等我就走了。第二日每人书包里都摸出桃子，兴高采烈又藏着掖着。在我一再追问下，他们告诉我去“摘桃”了。我一瞧他们神色就知道没那么简单，就说带我去。大约因着上次的教训，他们犹豫了一下，最后倒也没有拒绝，只是叮嘱不要出卖他们。

下午一放学，我就跟他们走，也不知绕到了哪里，满山坡的桃就在眼前了。领头的堂姑姑特意对我说：“摘就是了，不要讲话。”

天飘着毛毛细雨，整片桃林笼罩在烟雾中，五六米外就看不到人了。堂哥压低声音说：“今日是个好日子。”

我还在观望，有点不知从何下手，他们已经散开了。我赶紧也伸手，但是发现自己摘的怎么都那么小呢。堂姑姑指点我：“不要摘毛桃儿，毛桃没什么好吃的，摘白桃！”说着用手指了几棵树。我依言去摘，果然大了很多。

四周白茫茫的，除了我们摘桃发出的一点声响，安静极了。我们在桃树间穿梭，雨水、露水浸湿了衣服却浑不自知。每个人的书包装得差不多了，姑姑挥挥手，示意撤退。

他们穿的都是轻便的鞋子，我凉鞋坏了，穿了母亲一双厚底大拖鞋，摘桃时，他们四下窜，挑着摘，我傻乎乎地在一棵树上“吊”着，走动不多就没意识到不便。等书包一重，脚湿了，在泥埂上一走，鞋子不好穿不说，没几步，鞋底还沾了一层烂泥，又重又滑，书包背不动了，只能抱着，一步三跌，狼狈万分。看他们都在前头了，慌得脱了鞋子在草上拼命擦，泥太黏只能擦掉鞋边的，鞋底成团的还是擦不掉。眼见他们越走越远了，只有姑姑还在不耐烦地等我，心里更慌，蹲下去，抓着鞋子在埂上拼命敲。“壳壳”的声音回荡在静寂中分外突兀，敲了两下泥还没有完全掉下来，抬头看他们身影都模糊了，我的鼻尖都开始冒汗，抖着手更大力地敲打，这声音就像擂鼓一样，堂姑姑反应过来说：“轻一点——不要敲了——”我一愣，立刻停手，已经晚了，下面有人在喊：“什么人？做什么——快点，有人偷桃！”

我套上拖鞋，不管什么泥不泥了，转身就往上跑，他们快到山尖了，我大气都不敢喘，咬着嘴唇，搂着书包拼命地追上他们，心里只有一个念头：“千万不能被抓住，抓住就死定了……”

等最后追上他们，停在山顶时，才发现两只拖鞋都是套在脚脖子上的——一路根本就是赤脚奔跑，真够惊险刺激的。

回家往山下走，我终于嘘了一口气，说：“吓死了！”他们责怪地看着我，说：“我们才吓死了，差点被你害死。”

我惭愧地低着头，觉得自己差一步又要成为拖累，幸亏有惊无险，否则不管到老师那里还是父母那里，这罪都不小。

警报解除，大家开始拿出桃来，在衣服上蹭几下吃，他们的桃都拳头大，毛也少，我的以毛桃居多，只有大半个拳头大，毛又多，看着他们不由得羡慕。只有十来个白桃，就格外珍惜，他们一个接一个吃，我先吃了几个毛桃才开始吃白桃。毛桃汁少，肉青涩涩的，带点青草的气味，入口却不生涩，清爽爽的透了一丝甜，个儿小，两口就没了。白桃，一咬开“哔剥”的声音清脆悦耳，浅绿色的皮裹着雪白的肉，从深红的核上剥离，从桃核放射出来的红一丝丝长长短短地嵌在白玉一般的果肉中，绽放得像花儿一般娇艳，拿在手里像托着一个美丽的精灵，令人有些舍不得再咬第二口。肉，爽口多汁，入口就有一股淡淡的清香萦绕齿间经久不散，又诱得你恨不得把桃核也吞入肚中。

因为好吃，我拼命忍住，在吃完第二个后就刹住车，一路上听他们交流心得，暗暗记下，以备下次使用。走到水井边，母亲正在那里洗菜，我连忙噤声，把书包往身后挪，谁知书包太重，绳子“叭”的一声断了，亏搂得及时，否则包里的桃子全要滚出来。我吓得脚软，矮着身子躲在他们身后，希望母亲没有看见我。他们谈笑自如地将我围在中间，还悄声笑我胆小。母亲还是看见我了，叫我，我心跳都要停止，躲在后面不敢声响。堂姑姑说：“应一声，不应你妈要怀疑的——有我们在，没事的。”我抖着声音答了一声。母亲盯着我，问：“你躲在他们后面做什么?”我脸都白了，惶恐地看着堂姑姑，希望她救我一把。她侧着头，用手指指我的脚，做了一个嘴型“鞋”。我会意，深吸一口气，高声地说：“我拖鞋坏了。”“哦。”母亲没再说什么，低头继续洗菜。为表示我的所言不虚，在他们的保护圈内，我故意把鞋穿得“哔叽哔叽”响。其实母亲未必留意，但我真是做贼心虚。

过了危险地带，心才落回胸腔，奇怪他们摘的比我多，为什么书包看起来没有我的重。堂哥把他的书包拉开一点，里面只有两本簿，连铅笔盒都没带。我才恍然大悟，由衷佩服。

那些桃子，我在半夜偷偷地躲在被窝里吃；第二天上学在路上又吃了一些，带到学校，上课时忍不住手伸到书包里摸摸，盼着放学。没人知道我书包的秘密，我忍着狂喜守着这个秘密，觉得自己大有长进。

我盼着再去一次，有机会改进自己，可他们说，不能去了，昨天已经打草惊蛇，人家会盯着，容易被抓，明年再说。这话让我再次自惭形秽。只是下一年，我们都忘了，从此以后我再也没吃过那么美丽、美味的桃子，寻觅了很多年，碰到的都是汁多得淌水却软趴趴的水蜜桃，干脆就不吃桃子了。大概当初是误入仙山，偷了仙桃，如今可遇不可求。

逃　学

四年级换了一个数学老师，是一个丰满高大的女人，下巴比例短了一点，使脸颊上的肉显得犀利尖刻，就像要冲出来一样；短发，四六分；白皮肤，高颧骨，尖鼻子，薄嘴唇；眼睛陷进去，有些斜视，看人时，总感觉她在看着自己的鼻尖。她其实性格很好，并不如外在看起来那么强悍，但是我们喜欢原来的老师，对她多少就有些排斥，不知哪个消息灵通的同学说，她是有后台的，因为她要进来，才把原来的老师换了，我们就更加愤慨，为了对得起以前的老师，不能为她出口气，至少也不能让新来的老师那么好过。我们几个成绩好的不大和她配合外，故意作业潦草甚至拖欠，可她总不生气，还笑眯眯着地纠正我们的错误，然后和我们一个一个地套近乎，一两个星期下来，我们几乎都动摇了。

一个星期四下午，第三节体育课改自修，她却要拿去上数学课，反对声很大，她不为所动。我们几个恼了，第一节课后一商量，第二节数学课也不上了，去一个同学家做戏去。说走就走，四五个人就走了。我家在后山，同学家在中山，学校在前山，从学校回家总要经过三岔口，视野无遮无拦，中山、后山都可以看见，而我家的门正对着岔口，门口的石头路都一清二楚。所以走到村子岔口，我望见家里的门开着，心就慌了，担心被母亲看见会吃不了兜着走。她们把我围在中间，安慰说这么远，看不清的。

拐个弯，视线就被隔开了，到了同学家，她父母都不在，我们一下自由开。全部上楼，她搜出家里的绸被面、花枕巾、围巾、纱巾，花花绿绿一堆，竟然还有她自己串的珠钗，教我们惊叹不已。然后商量演什么，报了一下，曲目倒是有好几个，有《桑园访妻》《沙漠王子》《盘妻索妻》《盘夫索夫》《送凤冠》，还有《楼台会》《十八相送》，都是平日看戏时常见的。四个人各挑了自己会的装扮起来。做小姐的先扮，先重新梳头发，用梳子挑出额头的一绺，松松扎好，塞回去，形成一个小小的突起，然后在两边编上辫子到脑后扎成一把拖下，别上用毛线做好的插花，戴上塑料珠串的凤钗，还真有那么一点样子。再用被面裹住下半身，做成裙子，然后在上身披上被单，在中间用纱巾扎住，长枕巾绑在手臂上，就是袖子，一位闺秀就诞生了。那时的被单都是大花的，被面都是大红大绿的缎子，很适合给我们玩。

谁先唱，唱了什么已忘了，只记得主人会得挺多，表演得也不错。我是扮不了小姐的，翘个兰花指也不自在，且只会唱《桑园访妻》和《沙漠王子》，所以只做小生，没怎么装扮。

表演在《盘妻索妻》还是《盘夫索夫》时出了差错，其中一个忘词了，于是笑场，越笑越好笑，再也演不下去。我排在后面还没轮到呢，心里又失落又似松了一口气。接下来就谈天，谈的也是戏，听别人谈时专心，自己谈时也有一番派头和自信，个个都觉得自己很有见地，对戏颇有自己深刻的认识。

很奇怪，我两个曲目是四姨教的，她做姑娘时学过戏，扮的是老生，她只教了一遍，我就记住了词和调，自唱自听，有模有样的，又在戏台下学了《送凤冠》，也是听了一次。那次没演成，后来在家，请母亲和妹妹当观众，把三出都演了一遍，袖子也是用枕巾做的。长大了，词忘得七七八八，调子也不知道准不准，反正后来人家说我是跑得一塌糊涂。但越剧，一直让我自娱自乐到高中，实在被人打击得厉害了，才停口，此后至今再也开不了口了，怕的也是失了那份自信吧。

这次逃学，让老师大为生气。我们走时无畏，第四节课回来时，也是有些担心挨批评的。一到教室，有调皮的男生就来吓唬我们，说我们逃学，肯定要被叫到办公室“喝茶”。我们嘴上硬着，心里却有些发慌。老师来了一下，看见我们也没说什么，表情却很难过，紧抿着嘴唇，只拿眼睛水汪汪地看看这个，又看看那个，一副将哭未哭的样子，似乎受了天大的委屈。我们预备挨骂作对的心，突然软下来，生出愧疚。从此再也不敢逃课，相互说成绩退了，要挨打的，另外一层意味，大家心知肚明。现在想来，老师那招就叫“以柔克刚”。

猫　事

小区多狗，且大多是小小的，穿衣服，打扮得干干净净、体体面面，可我看着不自在；小区也多猫，到了傍晚时分就活跃起来，时不时从树丛、房角蹿出，经常会吓人一跳，但它们毫无歉意，客气的“喵呜”一下，不客气的直接翘着尾巴转身走开，有一股子野气。我喜欢看它们这样从我面前大摇大摆地走过去，让我想起我家养过的那些猫来。

第一只猫，是外婆帮着从她邻居家里要的猫仔，母亲走了几十里山路去带回来的。那时，还住在山上，家里老鼠多得很，乡下人最好、最经济的办法自然就是养猫。

我和妹妹叫它“老三”，父亲和母亲竟然也没有反对。它巴掌大，刚断奶，我们用米汤喂它，竟也长得很快、很壮。没多久就开始拿饭桌的脚练功了，拉长身子骨，前爪搭在桌脚上不断地抓，把桌脚抓出不少花来。父亲若见了，就用筷子轻轻地敲它的头，它“喵呜”几下，带着点撒娇和赌气，躲到桌底。后来学乖了，专挑我们不在时，磨爪子，而且只挑选靠门边的那只桌脚“练”，害得我们担心桌脚这个沙袋被磨穿，它也会挨打。幸亏乡下人的东西都结实经用。

也不知磨了多久，一天，我和妹妹放学回来，打开门一看，真是又惊又喜。老三一副聚精会神、严阵以待的架势，连我们进来都没注意到。一只小老鼠走投无路逃到了父亲半筒套鞋里，老三把头伸进去，用爪子撩；没撩到，它趴在半筒沿上，使劲地伸着爪子，半筒吃力一软，向下塌了下来，它吓了一跳，吃惊地跳到边上。老鼠趁机溜了下来，但老三也不含糊，马上跳起，一把按住。但又不吃它，似乎只是不知道应怎么办，低头看着爪子下灰不溜秋的小东西。侧头沉思一下，又低头看看，还用后爪子挠了一下身子，老鼠诈死不动了，它似乎很吃惊，犹犹豫豫地把爪子抬了一下，老鼠趁着它一疏忽，又逃；谁知老三又用另一只爪子按住了老鼠的尾巴，老鼠拼命乱窜，一会左一会右，老三的头也跟着转，好像很好玩，眯着眼，抖了抖胡子，带着惊奇的神色，看着老鼠。

我和妹妹也忍不住哈哈大笑起来，它吃了一惊，全身动了一下，老鼠又跑了。它不满地叫了一声，一个纵身，又把老鼠扑到爪子底下，老鼠都吓呆了，不玩了，它下定决心般地把老鼠衔在嘴里，理也不理我们就转身出去了，转眼就不见踪影了。让我和妹妹纠结了半天，它到底怎么处置那老鼠了。我说是吃了，妹妹说是不玩了，咬死扔了。晚上我们迫不及待地向父母亲讲这件事，希望他们给个公断，谁知母亲却说你们自己问老三不就行了。吃年糕时，我们俩都争相讨好送年糕给它吃，希望它透漏点消息，可它却只顾吃，瞄也懒得瞄我们一眼，似乎还在为我们打断了它的雅兴而生气。

此后虽然没有再看见它抓老鼠，但家里窸窸窣窣的声音没了，连邻居也常过来说你们家的猫啊，在我们家抓了只大老鼠。母亲会客气地谦逊一下，我和妹妹却不同，只要有人起话头，我们就会把老三的丰功伟绩说个不停。

家里没有人把老三当作一只猫，它就是家里的一分子，它可以正大光明地睡在我和妹妹的床上，也可以在我们吃饭时理直气壮地抗议，但它从不过分，不会跳上桌子胡来，它根本不需这么做，母亲给它留的饭和我们是一样的，只是我们在桌上，它在桌下而已。

我从未想过没有老三会怎样，但是有一天它就不见了。坡上、坡下，岗头、竹林找了，没有；后山整条岭找了，没有；跑到中山、小坑里都找遍了，没有。晚上全家吃不下饭。

第二天，堂姑姑上来说："昨天上午，我在路边溪坑洗衣服时，看见两个炮台女人，矮墩墩、胖胖个的，手里提了个编织丝袋，好像是只猫。"她停顿了一下，"我都听到了猫叫了，她们慌里慌张往后山走。我问她们你这个是猫吗，哪里来的？她们支支吾吾讲不出，只是一个劲地走。我也就没问了，现在想想很可能是你家里的老三？"

我们全家都说不出话来，因为这百分之九十九是真的，我们都不在家，老三欢喜到屋下的草地上玩，躺着晒太阳，草地边就是路，而且以前大伯家的猫也是这样被人抓走的。

我和妹妹哭了起来，父亲和母亲商量了一下，父亲决定去炮台舅公家请他们留意下，虽然不一定有用，但总得努力一下。

结果是无果，家里就像少了一个人一样，冷清了不少。

后来，父亲不知从哪里又弄来了一只猫，灰灰的，好吃懒做，整个冬天都赖在我们床上，一到春天却活跃起来，整夜不着家。后来在屋后的土坡上出现了一只黑猫，见了几次面就跟人家跑了。于是全家更是分外怀念老三。

没了猫，老鼠又猖狂起来。母亲带我们去外婆家，想再弄一只猫回去。一时没有小猫，我又缠得紧，小姨就拿了条麻布袋装了上路一户人家的一只虎斑猫过来，它和老三很像，不知是不是兄弟。虽然我知道这样不对，但一想到老三也是这样被人抓走的，就理直气壮起来，一边担惊受怕，一边欢天喜地地帮着望风。捉了猫后，我和小姨都不说是哪里来的，催着母亲当天就走。后来听说那户人家的妇人足足骂了好几天，但小姨跑到朋友家住了几天，我们就更听不到了。

回到家，我才和母亲说了实话，母亲骂了我几句，也说小姨怎么也这么不懂事。这只猫叫咪咪。咪咪是成年猫，性子有些烈，一副很有主张的样子。来的第一天，很有脾气，倔得不吃饭。只是不满地喵喵叫，似乎有许多怨气。但当天晚上它就抓住了一只大老鼠，这下母亲什么也不说了。咪咪似乎也有了成就感：不知是不是乡下老鼠比城里老鼠更难抓之故。家里又安静了，邻居家也太平了不少。咪咪是一个高手，比老三更成熟、老练，但是也野。三天两天跑出去，到晚上很晚了才从猫洞里一声不响地钻进来，也不上楼，就睡在灶台的柴堆上。为防止悲剧重演，我们一有空逮住它，就告诫它不能到坡下去，不要到大路边玩，有时说多了，它就动动耳朵或者用爪子挠下耳朵，不知洗耳恭听还是当作耳旁风，甚至还会眯起眼来打呼噜。全家人没少教育它，却依然故我。我和妹妹就觉得它比不上老三乖巧，当然这并不妨碍我们对它的喜爱。

咪咪也喜欢拿家里的桌脚练爪，功力比老三更深——现在家里的这张饭桌上还留着它们当年的练功“爪印”，也比老三更说不得，它根本不怕你敲它脑袋，你敲它，它还会挥动爪子和你对着来几下。它的活动范围比老三广，来了没多久，还带上了“女朋友”。后来后山的太阿公家的母猫生了小猫，我们就觉得是它干的好事，隔了十几户人家，几百米的路哪。

但家里人还是很疼咪咪的，父亲有时会帮它捉虱子，它蜷在腿上伸伸懒腰，一脸陶醉。我放学回来，第一件事就是抱它，也像以前抱老三一样，玩一会才去煮饭，它就在灶台边转悠，等我放好米、水，烧火时，再卧到我膝盖上，灶火映得我们两个都懒洋洋的。

可是有一次回家，咪咪冲我叫个不停，我不知什么事，像往常一样抱了抱它，就开始煮饭，可它却不依不饶地抓着我的袖子不肯下去。我都有些气它不讲理了，只把它放下只顾自己做事，它时断时续地叫，还不时干呕。我没管它，以为它是吃了老鼠后又吃了草——父亲说那是为了更好地消化。

可等烧好饭，才发现它满嘴白沫，叫声也越来越弱了。真是吓人，从来没有见过它这样，它开始哀号起来，可怜巴巴地望着我，我吓得手足无措，后悔刚才没理它。看它吐得难受，自己也难受起来，抱着它，眼泪吧嗒吧嗒地掉，只晓得问它怎么了，怎么了，全然忘了它是畜生不会讲话。

它吐的脏东西少了，白沫却没少，我用草纸擦也擦不掉，它叫声渐渐低下去，却更哀凉，显得很虚弱，眯着眼，把头靠在我手臂上。我眼泪滴在它耳朵上，它动了一下，睁开眼轻轻地叫了一声，就不太响了。真恨不得自己有什么神奇的力量可以一下子传给它，可除了哭，我什么也干不了。

等父母亲回来时，咪咪的叫声都已经很微弱了。父亲说，不好，肯定是吃了被药到的老鼠，叫母亲拿出去年的雪水，倒在玻璃瓶里，给咪咪灌下去。爷爷和隔壁的阿公商量怎么办？

晚饭，菜都没烧，全家只吃了一点白饭就咸菜。母亲安慰说，猫有九条命的，然后叫我和妹妹先睡，不晓得他们在楼下待了多久。等早上起来，咪咪就不见了。我和妹妹问："哪里去了?"父亲说"死了。""埋在哪里?""猫死了是要挂在树上的，不能埋，埋了它就投不了生。"我是又生气又难过，他们就这样处理了咪咪，一点都不让我知情，这一整天我都红着眼圈。放学回家觉得空落落的，还莫名其妙和妹妹吵了一架。

一连几天放学后，我有意无意地往家后面的树林跑。终于在一棵大松树上发现了咪咪，乍一看，也不知道伤心，不知道害怕，就是呆了——我生平第一次知道死是可以这样的。它被稻草绳吊在树杈上，虽然是初夏，但它依然像活的样子，只是嘴张着，嘴唇发黑，一动不动，依我从武侠小说中得来的经验，它是中毒了。很想放它下来，挖个坑把它埋了，但是又不敢，只好在树边茫然地坐了很久，心里很内疚：咪咪那是向我求救啊，我却没有理它，要是理它了，去找它吃的那种草，说不定就解毒了呢？

坐到听远处传来母亲呼我的声音才回去，我平时很多话，但那晚一句都没说，心事重重。

看大人在拜祭时总要烧纸，第二天，我就带了平时用的草稿纸去看咪咪。它还在，和昨天没什么变化，过了这多天，不烂，我认定它在等我去看它呢。

用石头围了一个小小的圈，学着大人的样子把纸折成元宝，烧一只念一句：有钱买吃有钱嬉，到了阴间早投世，投世投到好人家，一世不愁着和吃。烧完了还合手拜了拜，再嘱咐一句："咪咪，下世再到我家做猫，我不会让你中毒了。"

往回走时，碰见大阿公，他对我说："不能再来看了。"我生气地问："为什么？""猫有九条命，它死了，你看一次，它少一条命，下世就做不成猫了。"我有些吓住了，但仍嘴硬："我给我家的咪咪烧纸了！"大阿公愣了一下，说："好，好，烧了它就要投生去了，三年里你不能再来了，否则它就不能做猫了，只能做鸡鸭了。"

我将信将疑，回去曲曲折折地问母亲，母亲说是，我也就真不敢去了。后来才知道，大阿公告诉母亲我在给猫烧纸，怕引起山火，才唬我的。当得知真相再去时，松树上的稻草绳也烂光了。

从此，家里很多年没有养猫，直到从山上搬到山下。山下原来都是田地，刚开发，老鼠很多。母亲实在没办法了，觉得还是应该养只猫。这次又是我和小姨合谋，踩点，挑了外婆家后面叔伯舅舅家的猫下手，那也是一只虎斑猫。这只猫，名字是我和妹妹讨论后起的，叫多多。但更多时候我们只叫它猫咪。

多多是我家养的时间最长的，也是最后一只猫。

多多抓老鼠能耐，贪吃也本事，经常乘人不备就蹿到桌上叼走什么，最多的当然是鱼。不管伙食好差，它都是这样，这点全家人都生气。但它就是屡教不改。有时桌上盖了桌罩，它也能偷吃成功。母亲没办法，只好什么都放橱里。可麻烦不止于此。

多多是只母猫，所以一到发情期，我家边上就公猫不断，有时还打架，一到晚上就叫个不停。不说邻居，自家人也受不了。但不久，多多的肚子就大了，母亲也不准我们和它玩得过火，等它生下一窝子灰的、黄的、灰黄的小猫，什么人的意见都没了。母亲连续给多多吃好的，还不准我们去看小猫，说会吓坏多多的。但是我和妹妹不信，偷偷看了一两次，结果害得多多每次叼着小猫搬家，这才真不敢了。

那次刮台风，多多没在家，全家人都担心它刚出生的小猫咪被淹死，一夜无眠。谁知第二天，从床下传来母子几个的叫声，全家人都念阿弥陀佛。

小猫大了，一只一只送人了，每送一只，多多都要悲伤好几天，叫得凄惨惨的，让人睡不着。

最后一只送走时，它像疯了一样抓着门框，嚎个不停，如果说猫会哭，我觉得这就是了。但不久，它就认命了。

幸亏小猫送的并不远，前后邻居的，它还可以去串门，权当看看成家出嫁的儿女一般。

多多应该是很强悍的，一年年底，快毕业的妹妹把她的宠物狮子狗贝贝带回来时，它不高兴，虽然贝贝个头小，但好歹是只狗，而多多竟然三番两次地去挑衅，打得过就打，打不过就上房。有一次，它在贝贝低头吃我吐的橘子渣时，给它来了一抓，把贝贝的鼻子都抓出了血，然后踩着墙角的砖堆，三下两下跳到隔壁厂房的顶上，坐着惬意地用舌头舔着前爪。只留下贝贝气急败坏地吠叫。娇生惯养的贝贝，从没受过这窝囊气吧，可能也没有它那多心眼，十次九次吃亏。有时妹妹护狗，骂多多，它就不屑地在墙头，弓着背伸个懒腰，喵一下，拿个屁股对她，走猫步，去也。

我们都觉得好玩，但过完年没多久，多多就不见了，没有一点征兆。找了好几天也没踪影，它发情时也没有这样啊，全家人都有不好的预兆。果然没多久，父亲的朋友来说，大坑村有个人专门打别人家里的猫、狗吃，前些天有人看到他在你家附近转悠，多多怕是被他打走吃了。那人，父亲也认得，整个一无所事事的无赖，这事百分百是真，我家后门水井头家具厂里的狗也是被他偷去吃了的。全家人只有哀叹，多多在我家待了好几年啊。

从此家里再也没有养过猫。

此后，我大学毕业、工作、结婚生子，猫就从生活中淡出去了。突然现在又有这么多猫日日在我身边晃悠叫唤，心里便觉得亲切。

这几天，听到经常在我家房子前后出没的一只猫叫得哀哀伤伤的，心就悬着，出去找了找，没找到。别的不怕，就怕它和咪咪一样，小区里可是到处投放了老鼠药。前夜开始，这叫声又没了，早上还特别多绕了几圈，留意了垃圾箱和角落，都没有发现什么，心里希望它只是地盘被抢或失恋了，时间过了，就好了。

这几日出去，老碰见一只拖着大肚子的猫，慢慢地走着——怕是要生了。

我心生安慰。

五分钱

母亲叫我早一点起来，帮她在台门口看一下摊子，她要趁天好洗洗被子。我刚想说我要写作业，她就横我一眼，说："不要说写作业，读书也就这般模样，别的也学着点，十岁了，你瞧人家阿芬——"

我顿时低下头，把所有的话跟着粥汤一起咽下肚子。

她总是拿我与我的同学阿芬比，她比我聪明，数学每次轻轻松松就能考到 95 分以上，而我拼尽全力也只能勉强考到 90 分。她比我漂亮，能说会道，她算账算溜了，还会看秤。她在路廊里卖梨，好的一角两角一斤，差的八分五分一斤，就是被台风打烂了竟也能卖出去。她会在爸妈不在时当家，会照顾她哥哥和妹妹，她会……我叹了一口气，我承认自己是比不过的，可母亲不允许我比不过，所以现在她不容我拒绝。

早春的周末，天还没有真正暖和起来，村子笼罩在清晨的雾里，树梢枝叶上还凝留着夜晚难言的冷意。我拎着篮子亦步亦趋地跟在母亲身后，看温吞水一样的阳光覆上阿公家院子里的黄土，我们的影子被拉到了墙头。肩头扛着甘蔗的母亲影子像一个奇怪的稻草人在不停晃动，我的影子一部分叠上去，像稻草人背上古怪的包袱。

她一路叮嘱："记牢了，一段卖一角，一分都不能少，一株是三角，买整株可以便宜到两角五或两角，两角最低，不管人家怎么讲价都不能再少下去，知道吗？"我无声地点头，影子古怪地动了几下。她虽然不满，不过没再说什么。

二十多米路，一下就到了。台门口，已有两个戴帽子的老头坐着，一个穿着灰色粗布大袄，另一个罩着粗布蓝大褂，叉着腿，像围了一条大围裙，都双手兜着袖子，坐在黝黑的围墙下，一动不动，仿佛是墙上贴着的两张旧年画。

母亲帮我把甘蔗靠在墙角，又拆出几根放在对面的墙上，再让我把篮子放在台门的台阶下，小凳子摆在台阶上。我不安地看着对面的甘蔗，虽然只隔了一两米，却觉得它们已完全脱离了我的掌控。我不明白母亲的做法，她也没有向我解释。

我们的响动，惊起了两个老头，他们的眼还在半眯的状态，头却都转向了我们。母亲向他们打招呼，我跟着叫了两声"阿太"。他们狐疑地扫了扫我和我前面的甘蔗，笑了起来，问母亲："今天叫囡卖？""嗯，让小人锻炼锻炼。"

"账，算得来吗？""算得来。"我说。

他们点点头，又问："会看秤？"

我扫了一眼甘蔗，犹豫着说："糖梗——不照秤卖吧。"

他们笑了起来，像纸张揉出了声响，说："人老了，没用了。——糖梗，谁会照秤卖呢？"

我们都笑了，我感觉做生意也许并不那么难，眼角瞟到已被阳光照亮半边的围墙，心里想，他们会不会买我的糖梗呢。

母亲要走了，又问了一声记牢了吗，我点头。她回身又客客气气地叫了两声"伯公"，说小人第一次卖物什，有什么不懂的地方，麻烦你们帮忙看顾一下，也不指望她赚什么钞票，摊管住了就好。他们连连点头，挥手让母亲放心。

我感觉浑身一松，坐在小凳子上，不知道拿什么表情对着那两个老头，就低头发呆。可他们饶有兴致地逗我说话。问几岁了，读几年级，成绩怎么样等等，我老老实实地一一回答。

不知什么时候，停了话头，他们又缩回了墙角靠着，我坐着茫然地发呆。唯一有响动的是太阳，从墙头渐渐爬到了墙角，终于照到了他们身上。也许等这一刻太久，突然的光亮唤醒了彼此的神经，他们不约而同地把手从袖子里拔出，把脸转向光明，像缺氧的人呼吸到了新鲜的空气。我张开手，接住阳光，一股暖意从指尖传来，再看着它从指尖一点一点移到手指中指眼睛一样的级路上，到指根，到手心、手腕、手臂、手肘……暖意在全身漫开，暖得我想哭。

又一个老头，拎着小凳从路的那头走来，趿拉着棉鞋有一搭没一搭地响，看见我似乎有些意外，不慌不忙地和那俩老头寒暄，然后在我左边放下凳子，背朝太阳坐下，和我刚好成直角，和俩老头斜对面。坐好，又看着问："谁家的小囡？——忒惠（能干）。"

觉得自己离"惠"还差十万八千里，就不好意思地笑着不知怎么回答，只叫了一声"阿太"，中间的老头说："沛的孙女。""哦——"他点点头，不再讲话。

我们都不再讲话，路上没有人来往，我迷迷糊糊觉得自己也只是来这里晒太阳而已，脑子被晒成真空，人暖洋洋的虚虚晃晃地飘。阳光到了墙角，到了台门门槛，到了我脚下，整面墙上的石头泛着黑光，连枯萎的苔藓似乎都有了新的生命，墙上贴着一张巴掌大的纸，粉红色的，还很新，上面的字黑得爽脆，写着"天皇皇，地皇皇，我家有个夜哭郎，过往君子念三遍，一觉睡到大天亮。"我认认真真地默念了三遍，边上的老头看着我，又顺着我目光扭头看了一下墙，问我："这字都认得？""嗯，认得。"我从纸上收回目光，看着说。他们一齐点头，然后小声地讨论又是谁家的小孩夜哭。

太阳走到我脚边就不走了，篮子里的甘蔗在光里泛出一层白霜，切口处的中央竟有白玉一样的光泽。瞧着就很甜的样子，可是为什么没有人来呢？只要有人经过，肯定也这么觉得的，那么就会买吧。此时我才意识到自己的职责，刚才的幸福虚幻都没了，只盼着能有人来。

但没有，连村里其他人都没有。阳光在我脚下逡巡，又打亮了斜前方的路，路下森森的林子也透出一些光的丝线，老头们眯着眼，笼着手一动不动，不知为什么，我坐着也不想动。世界在这里大约静止成一幅油画，我们都被层层叠叠的油彩禁锢，配合地摆出静默的姿态。等待像一个世纪那么长久，像把我从十岁的孩子等到了边上七八十岁的老人。终于，在我看不见的地方，有一阵脚步声传来，老头们都醒了，抬头寻找，其中一个说："有人来了。"我的心立刻像擂鼓一样"咚咚咚"个没完，伸手抓住了一段甘蔗，准备随时出击。

高跟鞋敲击石头的笃笃声，一步步近了，我突然感到四肢乏力，像濒死的鱼一样无谓地做着挣扎，唯一能证明我的鲜活的是越来越急促的心跳。

我越过右边两个老头的脑袋，望着脚步的方向，弧形围墙挡住了进一步的视线，有浮尘在光里飞舞，像一颗颗透明的子弹，正穿透光亮，在黝黑的墙上打出一个个洞来，透过这些洞有一双稳健的脚正被我越拉越近。

在弧形末端的地方，出现了一个烫着长发的女人，深紫的短棉袄，黑色的长裤，黑色的高跟皮鞋，身边还有一个和我差不多大的男孩。

有一种天降大饼的惊喜，我慌忙站起来，像等候一位国王一般恭敬，身后的小凳子"嗵"地倒下，磕了一下小腿肚也顾不上了痛，颤着声音问："糖梗要吗？"

女人在两步远的地方停住脚，问男孩："姐姐买一点糖梗给你吃，好不好?”男孩不声响地点头。他们在三个老头慈祥的目光中走到我的篮子前站住，我不知道该干吗，只是热切地说："便宜的，便宜的，一段一角，买整株可以便宜一些的。"

她弯下脚，挑剔地在篮子里翻拣，皱着眉说："看起来都不大好——"

我愣在那里，一时不知如何接话。左边的老头探头说："瞧着挺甜的啊!"

立马反应过来，说："好不好，削开吃吃看就知道了。"

她仍是皱着眉头，一副挑不出好东西来的模样。男孩子静静地站在她身后，她回头又问他要不要吃，他再一次点头。我心惊胆战地瞪着他，觉得目光急切得有点狰狞，见他点了头，才松下来。

女人内行地把篮子里的每一段甘蔗都翻出来，这个这里有干裂，那个那里有红孔……说得我无言以对，冒芽的喜气被惶恐取代，站在她面前比接受老师批评还心虚。

她拣完，指着我身后整株的甘蔗说，那个拿来看看。我慌忙拿出一株。她挥挥手，竖着食指比画了一下，说那株。我忙不迭地奉命，挑出中间最肥壮的一株，拿在手里，等她下一步指令。

她接过去，用手比画。我警惕地问她要买多少。她在甘蔗最中央比画了一段。我说两角，她立起眉毛说1角。我鼓起勇气争取，说那不行，要亏的。拿起刀子往中间缩了一段，看着和母亲切的差不多长，才说到这里1角。她用鼻子哼一声，滑出一节，说到这里1角。

"一角五。"我咬牙，求助地看着那几个老头。他们似乎很有兴趣地看我们讲价，一个个都不表态。我的脸越来越烫，感觉头上都冒烟了。

"一角!"她生硬地接了一句，"要不就算了!"我被后面一句打击到了，正在犹豫，她不由分说地夺过甘蔗刀，迅速利落地斩下去，吓得我一哆嗦。甘蔗“嘎”一声断了，上半截掉在地上，她又挥手一刀，下半截也“扑”地落在地上，剩下的比地上两截加起来都长。

我眼睁睁地看她拿了中间本该要价 2 角的一段，心里明白自己被欺负了，却不敢开口。她已经开始削皮，三下两下就好，削完捏在手里审视了一圈，转眼看我说：“五分就够了。”

“你——你怎么能这样？”

“小人嘛，你大人让她一下。”终于一个老头开口了。

“你看这些节头，全部冻黑了——”她把甘蔗给他看。他瞄了一眼，不声响，坐回去了。

“黑了，还怎么吃？”她拔高音量。

“不能这么便宜的，我妈要骂我的——我不卖了。”我几乎要哭出来。三个老头见状，都站起来围上来。

“皮都削了，你不卖？”她毫不心软，指指三个老头说，“人家还以为我大人欺负小孩呢。”

“那就加两分呗！”左边的老头提议。

“加什么？”她把甘蔗放在腿上，熟练地用刀转了一圈，切下寸许长的一块，命令我：“油纸袋拿来，张开——”

我很想硬气地说不行，手却不听话地拿了袋子乖乖张开。她把甘蔗一小块一小块切好放进去，发黑的节头一个一个挑出来，放在地上堆成一堆，看着可观，我就觉得自己又矮下去一点。

“你瞧，还剩多少？”

她瞟我一眼，拍去腿上的甘蔗屑，拎了满满一袋子的甘蔗递给身后的男孩，从包里摸出一个硬币塞到我手里，毫无商量余地地说：“五分——我只能给你五分！”

“一角”两个字哽在我喉咙里怎么也发不出来，只好红着眼看他们一步一步走远，把甘蔗渣扔进路边的树林里。我突然很羡慕那个男孩，听不清边上三个老头安慰的话，手心的五分钱硬币像烙铁一样烫得发疼。

半晌，我才在六道同情的目光中颓然坐下，心里空荡荡地注视着手里的五分钱，一个陈旧的硬币，边沿的齿痕中间有几道嵌了黑乎乎的泥。下意识地就用指甲去抠，似乎细细地抠干净了就能再变出一个五分来。接着又发现在铸造年月的地方有一丝划痕，用手指怎么也抹不掉，蘸了唾沫再擦，还在——原来是刀子划上去的。

这样的五分钱，不会影响再次使用，可我怎么向母亲交代呢。

太阳爬到头顶，周边一片光明，我却恍恍惚惚地以为自己站在雪地，一阵一阵发冷。

母亲来了，看到地上的甘蔗皮，笑着问："有卖了？卖了多少？"

我嗫嚅着，不敢说话，也不敢伸手。老头们都站着，右边的说："啊哪——那个女人，你不知道多少厉害，你瞧地上，她扔了一堆节头，说是黑了不能吃……"

另外两个随声附和，末了又补上一句："小小人，不会做生意，你也不要骂她！"

母亲安静地听着，笑笑说："没事，卖了就卖了。"

我朝她伸出手，把五分钱递给她，钱上有亮亮的东西在阳光下晃动，那是我的眼泪。

劳动课

初中时，课表上赫然多了一门劳动课，我们都不知道是干吗的，有同学开玩笑说难道叫我们插秧割稻。我回家和母亲说起，她说她们上学时也有劳动课，麦子、稻子成熟时，学校就组织全校同学去帮农民割稻、割麦。我以为我们的劳动课也要如此。结果第一个星期，老师通知我们从家里带扫帚、抹布、水桶，劳动课大扫除。连着几个星期都是大扫除，我们就把劳动课等于大扫除课。

一次班会，校长在广播里通知全校同学带扁担、簸箕，高年级的还要带锄头。我们议论纷纷，以为要去给人家锄地挑东西去。班主任进来，分配要带多少扁担和簸箕，我们问他干什么用的。他笑眯眯地说，整操场啊。

学校没有操场，只有一块面积很大的空地，但三分之二都是不知从何而来的方石块，留下了的一点点空间，根本连一个班级的体育课都上不了。开学到现在，我们上的都是体育理论课。一位男生“喊”了一声，说我们学校有操场吗，比我们小学还差。

老师推推眼镜，很严肃地说，就因为我们没有，所以才要用自己的双手去创造出一个来，我们自己动手营造出的操场，在上面玩，在上面上体育课，多么有意义啊。有同学嘀咕，学校没钱请人做啊，干吗叫我们干活，我们是来读书的又不是来做苦力的。

他坐在我后面，声音很小。但我心里也觉得他说的有点道理，可能其他听到的同学也有认同的。可我们很快就被老师的慷慨陈词吸引了，他说毛主席说没有条件，创造条件也要上。

——农业学大寨的故事，大家听过吗？……革命烈士流血牺牲才换来我们现在的日子，这一点点事情算得了什么——劳动最光荣，不能有偷懒的想法，谁都不能拖班级后腿，那不仅被自己同学看不起，也要被别的班级看不起的。我们要争当劳动积极分子，为班级争光！我们都听得激情澎湃，摩拳擦掌得恨不得立刻上“战场”。

“劳动积极有奖励吗？”又是那个男生。

“咦——”我们都装作鄙夷地看他，他有些不好意思，却嘴硬地说：“你们不想要吗？”

我们别过头不理他，却都怕自己心里的真实心思露出来。只听老师在上面说有有，肯定有奖励，我建议我们就让刚才那位同学当劳动委员。

教室里立刻爆发一阵欢笑和掌声，我们都觉得老师太聪明了。那位同学什么名字忘了，只记得他比我们都高大一些，年纪也比我们大一两岁，是班级里最皮实的同学，偏偏成绩还不错。他对老师的决定有些始料不及，半晌才冒出一句：“姜还是老的辣啊。”谁知老师立刻表扬他这句俗语用得恰当，我们都憋着笑，他再也无语。

第二天下午，天阴阴的，还飘着丝小雨。全校五六个班级，两三百人，包括全部老师，都排兵列阵在石堆里。那情形像一群蚂蚁撒开阵式围攻一堆食物一样。

石块可能是当初盖学校余下的，三十公分左右长，二十公分光景宽，切割得方方正正的。校长给每个班划了区域，我们都先从边沿搬起。石堆并不高，男老师们爬到上面，抱起一块，递给下一位老师，再给下一位，直到放在平地，就有人扛走。身材高大的初三同学，两人可以一下子扛走几块，我们这些萝卜丁，老师也不敢让我们扛多少，两人抬一块，走到操场另一头，放下就是。有人逞强，爬到石堆上，把石头翻下来，老师只叫要小心人不能受伤，也不阻止。我只记得自己上上下下，好像一直在忙，但是到底干了什么却不记得了。

干了两节课，个个累得腰酸胳膊疼，却都很兴奋。男生夸自己如何神勇，有女生则在小声议论某人某人看着干得起劲，其实却在偷懒。我附在边上偷听了一会，想了一下自己，好像没有偷懒过，也就懒得理她们。校长在广播里表扬了全校师生，可每个人听着都觉得他就在表扬自己。成果很可观，石堆缩进去一半，在离教室最远的一角草地上堆成一堆，那里并不影响我们活动。不久，有消息灵通的学生说，那些石头将用来砌操场的围墙。

我们一鼓作气干了几个星期，教室前面的地完全空出来了，只是地面还坑坑洼洼，许多小石块还扎在地里绊脚。学校又通知了一次，带锄头、扫帚、扁担、簸箕。这次的劳动课量很轻，就是用锄头把突出地面的石块除去，抬土填平，基本不需花多少力气，可是竟然有电视台的记者在拍电视。我们一下都变得很认真、严肃，不敢嬉闹，不敢交谈，甚至大气也不敢出，各忙各的。我拿着锄头锄了一两块石子，地面已经很平整，没有什么事做，可记者在，又不敢松懈，只好轻轻地抡着锄头，一下一下无意识地落在地上，有时连个浅浅的痕迹也没有。没有老师发话，又不敢放下手里的家什，连抬头张望也不敢，比真的干活还累，心里埋怨老师：怎么不早点叫他们过来呢。

后来一次去外婆家，大表姐问我，你们学校的操场是你们自己造出来的。我奇怪，她说我在电视上看到你了，穿着毛线衫，拿着锄头锄地。我将信将疑，问她你怎么确定是我。她说那件毛衣是我帮你打的，怎么会认错。

莫名其妙上了一次电视，自己浑然不知，生活也没有一点变化，老师也没有多表扬我一句劳动积极，有点没劲。只是偶尔想想，为什么拍我呢，难道我那天表现得最认真吗。这样一想，心情顿时就好起来了。

第二个学期，操场完全建好，虽然是黄泥地，但是我们可以升国旗、可以做课间操、可以上体育课了，还安装了篮球架，我们甚至可以围着看老师们拉着高年级的男生打球赛。劳动课仍有，不过不怎么上了，不是大扫除就是自修。突然一天，学校又布置要求带脸盆、铁锹，说要去铲河泥，铲完开运动会。

那天一早，天就阴着，我在家找铁锹，没找到，就拿了一个花的搪瓷脸盆要走。母亲问干什么。我说铲河泥去。她生气："铲河泥，你拿新脸盆去？"我放下，她转身离去，我在家搜了一圈，除了塑料盆，还有一只旧得不像样的铝盆，剩下就这一个硬家伙。我嫌那铝盆太难看，怕被人笑话，趁她不留意，还是带着搪瓷脸盆出门去学校了。

从学校排队到河边去，几百人浩浩荡荡地走着，引得路人侧目而视，议论纷纷。有老师碰见熟人问，就告诉他带学生铲河泥去。对方就一阵惊呼，我们顿时觉得自己高大起来，挺直腰板，目不斜视，矜持自重地从人们眼前走过。

学校在镇子最东南角的山上，河在东北角山下靠海边，走了一个多小时才到。

我们一个班一个班，按小组排成一列，男老师站河堤下面，河水已经放完，但为了安全，我们都站在田埂上，铲河泥的都是村里的老手。

成团的河泥被铲上放在脸盆里，由一双双的手传递过去，有些倒在田里，有些被村里人挑走。天飘着小雨，搅得本来就滑腻的河泥更加黏稠，每个人的头发都被细丝一样的雨沾湿。一开始，大家都很兴奋，也很积极，村里的那些人都赞不绝口，说老师教得好，这些学生老实吃苦能干。然而时间一长，谁都希望泥块在别人手里停留得越来越久才好，可老师还没说休息，我们就都不好意思显出明显的疲态，只有站在老师边上的几个不得不装作劲头十足的样子。其实，我觉得老师们也是在硬撑。幸亏铲河泥的人大约也累了，不时支着铁铲休息。我们乐见之极，不管脏不脏，赶紧跟着叉腰喘气。可他的节奏忽快忽慢，我们也跟着忽快忽慢。

快到午饭时间了，老师说结束了，大家带着自己的家伙到河边的大路上集中。我拿回自己的搪瓷脸盆一看，底上被敲掉了一块硬币大小的搪瓷，心里一阵发紧，脸上不大好看。我同学也看到了，就说谁这么不小心。我叹了一口气，说我也不知道，她接过去仔细看了一下，说没破，就是掉了一块漆。我勉强笑笑，装作无所谓的样子说破了也没事，无非回家挨一顿骂。

午饭是自己解决的，家近的就回家吃，远一些的都去小面馆或饭店吃去了。我没带钱，只拿了一饭盒母亲做的捣麻糍，有些惶惶地不知去哪里。一个女同学说她家就在边上，让我去她家坐坐，我如溺水中抓到救命的浮木，慌忙点头。她在家里烧饭，我坐在她家锅灶的火塘前吃麻糍、烤火。真饿极了，一块巴掌大的麻糕就着咸菜三口两口就吞下去，满满一饭盒一会儿就吃光了，也没想到请我同学吃一块。连水也没喝一口，就那么吃完，吃完就告辞出来，向开运动会的塘坝走去。

这是初中最后一次劳动课，带了新脸盆赚到老师的表扬，回家却挨了母亲一顿骂。初二了，我们都盼着给初一也上劳动课，那我们就摆摆老资格，可劳动课取消了，甚至大扫除都只排在班会课。接下来唯一一次大规模的劳动，是班主任老师组织全班同学去乡里的卫生院大扫除，去院子里拔杂草，干完一节课，得了院长满满一箩的感谢和表扬打道回府。

高一时，有一门劳技课，一周一节。一个操着“天音”的临退休老师教。每次上课，他捧着一本红得一本正经的笔记本进来，摇头晃脑地用我们不知所云的古怪普通话读一遍食谱，再慈祥地注视我们一会儿，然后在我们听完天书的茫然里，用漂亮的粉笔字工工整整地抄出来，一次一道菜。抄完，放下粉笔，吩咐我们抄在自己的本子上——就完了。后来，我们没人听他念了，他开始在黑板上写字时就开始抄，抄完做自己的作业，只要不讲话，他都不管，有时候还下来指点一番我们的作业，可惜我们还是听不懂。

大半个学期后，他退休，换了一个本地的老师，洋夹土的普通话，但是总算听得懂。他教我们做衣服，板书没有了，黑板上是用尺子画的衣样、裁剪方式，相当标准，上衣、裤子、裙子一样一样循序渐进，还会走到桌边检查。我们画得不好的，他还要提笔帮忙修改，说你这样的师傅衣服画得不像样子，以后没生意的。我们就笑，他表扬一个男生画得好，说以后可以给家里人做，省钱。我们一想就想到他以后的老婆上去，就起哄。他就纵容地看着我们笑闹一会儿，再严肃地制止。几节课后，开始用白纸做微型衣服，在纸上画好，剪下，用胶水贴起来，作为课堂作业上交。一时间，教室里短裤、裙子满天飞。

期末，他要求我们回家真枪实弹地干一场，交一件自己可以穿的成品作期末考核用，还提示学校边上卖布头的很多，好好去挑一块。我懒，回家翻出一条旧连衣裙剪成半身短裙，用手在裙腰上缝松紧带。邻居阿姨看不下去，劈手夺了，在她家缝纫机上一分钟就搞好还我，除了短点，是能穿的。我就拎着这玩意儿交上去，最后成绩是 70 分。很有点不服气，可又觉得没有不服气的理由，心虚就冒上来。

第二学期，劳技课取消了，后来应该也没有了吧。抄了食谱、画了衣样的本子被我当宝贝一样珍藏了很多年，如今可能还在母亲家的某个角落待着，而抄食谱、在衣服上搞小花样的习惯也一直保留，不知道是不是那些功课留下的印记。

现在，看孩子学校里打扫教室都是家长帮忙甚至代劳，不免就想，也应该有必要给他们开门劳动课吧。

丢失的文字

小时候，大舅喜欢看书。他的房间里除了各种书，还有一个玫红色外壳的唱机。他在唱机上放上一张越剧唱片，搭上针，开始唱了，他就躺到床上去看书，我跟着窝在他床的另一头看小人书，也就是连环画，以看图为主，也能懂个大概，不懂了，就摇大舅的腿，他坐起来读给我听后又躺回去。大舅见我喜欢，除了租，还断断续续地买了一些给我。就这样，正式上小学前我多少也认识了一些字，至少所有连环画封面的字都认识了，比如“武当山传奇”“梁红玉”“少林寺”“岳飞”“无敌鸳鸯腿”等等，大舅也并不惊喜。上学后，回来也还是喜欢待在他房间，翻看我懂或不懂的书，大舅不在还能自己动手装唱片，学他的样子，听着越剧、黄梅戏，跷着腿靠在床头，已经基本认识小人书上的字了。天天看，都会背了也不曾厌倦，有时拿了白纸蒙在上面印人头画。打打杀杀的不好描，就摹那些小姐、丫鬟，衣服、相貌都好看。

再大一些，就有了很多疑问，为什么好人老是被坏人杀害，奸臣为什么老是杀害忠良，岳飞为什么要听狗皇帝的话撤军呢……好人死了，就哭得伤心，坏人死了，坐着哈哈大笑；看到激动处，手舞足蹈；背上外公给我做的竹剑，站在长凳上自导自演梁红玉……小姨说我“书癫”癫了，外婆吓得骂了大舅一顿，说我“书糊”糊了，以后读书读不进去了怎么办。大舅不理他们，我也不理，他依然任着我翻他的书，折腾他的唱机，我乱翻却不破坏，他放心，他也喜欢我喜欢读书。唯一的坏处是，我为此经常耽搁了作业，对正经八百的学业不大上心。但家里人几乎都认为我“野”，太玩才不上进，反而没人来阻止我读这些书。我开始囫囵吞枣地读一些全文字的书，比如《三侠五义》《小八义》等等。

到二年级上学期下半学期，学校的成绩没大起色，识字量却突飞猛进，借助母亲配的《新华字典》，再读《三侠五义》《小八义》已基本没有问题。大舅又开始借一些武侠小说，我就像个饿极的胖子，拼命吃，几天就看完一本，大舅还没看完，我就完了。他还没有去租新的，我就又从头再读一遍，后来小姨也加入进来。我们三个像三剑客一样，在大舅的带领下横扫楚门租书界（当然，书全是大舅租或买的，小姨是不掏钱的，我也无钱可掏）。

和小姨一起读书，不是在吃，就是在拉。她经常五分钱买一捧瓜子，一边吃一边看，有两本书时，她一本，我一本，两人躺在床头，一人一头，脚翘在长凳上，嗑着瓜子翻着书。只有一本书时，我只能让她，坐在边上伸长脖子分一点读读。读到精彩的地方，她就把书递给我，让我过一下瘾再拿回去。有些字我不认识，问她，她知道的告诉我，不知道的就教育我要么蒙要么跳过去读。我去查了字典告诉她，她就一副了然的神气：我就知道是这个意思。

晚饭后她必去茅厕，自己捏着书走在前头，叫我拿了厕纸跟在后面一同去。我有时并无便意，但书的诱惑实在太大了，就乖乖地跑去拿了厕纸和她一起坐在茅坑沿头由蚊子咬个饱。小姨一手捧着书，眼睛盯着书不放，一手拍着腿赶蚊子，嘴里嘟囔：

“这死蚊子——哎哟，痒死了——”

我人小，不像小姨可以两脚着地，因此，我一手拿厕纸，一手还要抓住茅厕的墙，一边防着自己掉下去，一边也要赶蚊子，最主要的还要跟着小姨的节奏看书，有时看到她要翻页了，就赶紧叫她等一下，拼命地拿眼快扫一下才允她翻。这一坐往往就一个多小时，除了蚊虫、苍蝇，没人打扰我们。天暗下来看不清字了，两个人的腿也都麻了，才先后起来回家，带着全身心的痛快淋漓。

有时，小姨没找着我，或见我正被母亲逮住写作业，就自己去了，我看天色差不多了，就找借口上厕所溜出去找她（母亲称之为“拉污溜”，屎在我们方言中说“污”）。她已经多看了好几页了，我就坐到她的左边，她尽量竖着书，让我方便看前面，她也继续往下翻；累了，就叫我先和她一起先往下看，落下的回去她把书让给我再让我补上。我总是欣然答应，然后就跳过去和她同进度地前进。

后来知道，小姨以我为挡箭牌偷懒，外婆让她干家务，她总说：“我要带她拉屎，她人小，茅坑沿太高，脚踏不到地，掉下去怎么办?”而我其实也借她躲开母亲的唠叨，我们心有灵犀，不言自明，合作愉快，互惠互利。

可有一点，我很不满意。她自己一个人去上厕所时，经常忘了带厕纸，就会随手撕下一页书当作厕纸用，经常都是最后一页。我抗议，这将看不到结局。她就说我有什么办法，谁让你没能跟着我呢。为此，我不时悄悄在茅厕墙壁缝里塞一点草纸，在墙壁的小窗上放一把稻草，告诉她下次可以用，可是草纸总是被别人用了，连稻草也不能幸免。于是我建议她撕第一页或目录页，要么封底前的空白页，可她说撕前面还书时人家会看出来，有些书封底那一页上有印章，撕不得，也会被发现。有一次，又借口带我上厕所，结果弄假成真。我眼睁睁地看着她眼也不眨地拿起书动手。我哀叫不已，她就大方地递过来，让我读完这一页再当厕纸。读完最后一字，我手指还留恋地抓着它呢，她毫不留情地抽去当厕纸了。我又气又无奈，可是因为看了结局，只好悻悻作罢，心里奇怪，大舅去还书时从来都没被发现吗?

后来回老家读书，分外珍惜来外婆家的机会，一来就抓住那些书拼命读，争取在回家之前装在脑子里，有一次看《罗通扫北》到夜里二点多，第二天走路都瞌睡，心里却很满足。但好几次，看到最后，结局没了，多的甚至少了整整一章，当然知道是谁干的，心里恨死了，就一定要她告诉我结局。碰见她心情好，讲得细，听着有味；心情不好，不耐烦地告诉我一句某某死了，某某嫁给某某了——完了。多问一句，怎么死的，她就瞪眼说忘了，气得我眼睛瞪得比她还大。向大舅告状，大舅还没开口，她先说了："拉屎没带纸，难道要我坐天亮啊?"让人哭笑不得。我想其他借书的人看到如此，肯定也恨她恨得咬牙切齿。那些丢失了的文字啊，让我心疼不已。

有些书是买的，只要发现没租书的标志，我就不管三七二十一顺回家去再说。有梁羽生的《七剑下天山》《云海玉弓缘》，金庸的《书剑恩仇录》，古龙的《快刀浪子》（现在知道是别人的伪作），有《绿牡丹》《红岩》，后来还有一些琼瑶、岑凯伦的言情小说。大舅、小姨怕也猜得出是谁干的，不过从来没有说过什么，我顺得得心应手。读物匮乏的年代，真是逮住什么看什么，看什么都津津有味。

有人来家里玩看到了就借，我很乐意有志同道合的人，只要她开口都慷慨应允，尽管有些连自己都没看完。可是一去不返，好久以后在她家里看到一本《红岩》，很眼熟，仔细一想，果然是我家的，心里不大高兴，光借不还怎么行，就不声不响又理直气壮地带回家，觉得对这样借书的人也不必太客气，虽然除此之外我很喜欢她。然后还在她家仔细寻找借给过她的其他书，一无所获，问她哪里去了，她自己也不知道了。不好意思拉下脸指责她，她也没有什么愧疚，只说可能又被别人拿去了。我相当不痛快，我的书，你怎么如此随便，又不是你自己的书。嘴上不说，只生闷气，以后再也不肯借了。过了近一年，在另一户人家玩时，发现《七剑下天山》的上中两册，一眼认出是我的，也不知会主人，不客气地就拿回家了。

母亲同事的孩子也爱书，找上来，不好拒绝，借了他们《薛刚反唐》，过了很久也不曾还，到他家看到了，就开口拿了回来。兄弟俩连说不好意思、难为情。可我怎么看都没觉得有难为情的意思，那时大约丢多了，看谁的样子都是想霸占我的书。我不得不拿出前所未有的气力来捍卫它们。可有几本还是失了踪影，我从此对此人家再无好感。有人再来借书，就不太舍得，后来干脆一有人来就把书藏了起来。残破的《红岩》、失了末本的《七剑下天山》《云海玉弓缘》都让我生气，觉得那些人害了它们的命，至今我仍不知那两部小说的最后结局，因为过于慷慨，自己没看完就借给人家了，实在是对不起它们。

一次无意中发现，家里大柜子顶上藏着书，用灰扑扑的纸包着，我背着母亲拿了几本下来，有《隋唐演义》《汉书》《西游记》，看得我如痴如醉，小心地掖着、藏着，连母亲都不知道。可我太不知不觉，那些书安安静静地在柜子待了不知多少年，除了我，怎么会没有其他人惦记着呢？我们的房子，只用几块三夹板隔开，在屋梁、三脚架处是无遮隔的，堂哥爬上凳子，伸过手，拿了很多书撕成纸，折纸板玩了。等发现时，许多书还不曾见天日就做了冤死的鬼魂，不知沦落何处了。可就是如此，母亲也没有拿下来给我看的意思。我呢，因为数学差，怕母亲误会精力都落在闲书上，经了堂哥的事，也不敢多拿，断断续续地看过一些，现在也忘了是什么书。等几年后搬家，发现整套崭新的毛主席语录，还来不及欢喜，搬哪里去也不知道了，惊鸿一瞥之后再无相见。真的不知从何处来，也不知从何处去了。

初二时，借出门参加竞赛的机会，带了自己全部的压岁钱在县新华书店买了两本书，一本是《莎士比亚选集》，一本是《元曲精选》，藏着掖着地看，不曾借人，这算是一大胜利。

有一次，趁爷爷不在，溜到他房间，悄悄找他平时翻看的一本线装奇书。在他床头，找到了一本巴掌大的《西厢记》，不知是清版还是民国版的，纸发黄泛旧，竖版，字很小，毛笔写的一样，全部繁体，竟然还有插图，我躲在那里一个下午，在爷爷回来之前看完它，大意看懂了，可许多繁体字不认识，其中精妙就不曾领会。此后又偷偷去翻过几回，渐渐琢磨出一些味道，但“偷看”的本身更妙不可言。可惜，爷爷去世了，书不知所踪。

听父亲说，他少时家里有很多古书，古到什么程度不知道，反正全部是线装的。可是爷爷在那个风声鹤唳、草木皆兵的时代中害怕被查，趁夜深用箩筐装了，拿到无人的后门坑山上统统烧了，整筐整筐，烧了好几夜。

爷爷斯文清瘦、正直温和，是村里老一辈中为数不多的读书人，我不知道他怀着何种心情才做了如此决定，单是我撞见他躺在黑蓝的打着补丁的粗布蚊帐里默不作声地摩挲他的《西厢》时幽深的眼神和多年一直放在枕边却纸页平整的书貌，怕也不那么简单。他觉得自己受过读书之累，竟不曾教导自己的七个子女再读书。父亲上了几年学，算识得几个字，下面的几个叔叔、姑姑竟然都是一字不识。到了孙辈，他倒也萌生家里出个读书人的希望，可惜堂哥早夭，而我只是女孩子，即使在我考上大学时，我都觉得他的失落多于喜悦。他一生重男轻女，更让我与他隔阂颇深，和他讲话从未超过五分钟，更别提和他畅谈他的书籍、他的往事。

高中在楚门，开始省吃俭用买了些小说，如《红与黑》《双城记》等，还买了一些诗集。那时家已搬到镇上，住对门的堂婶年轻漂亮，竟也爱读诗，过来问我有没有书可借。我对她很有好感，更惊讶于她的爱好，就倾柜相借，她拿了几本。等脑子一冷，又后悔了，心里老盘算她什么时候还，整个暑假寝食难安。开学一个多月，她还没还的意思，乘她来我家玩的机会，我向她要。她说就还就还又没还。第二个周末回家，我又开口讨，这次她马上回家拿来，两本小说是好的，诗集的封面被撕掉了。我垮下脸，她有些不好意思地解释说小孩不懂……

我艰难地挤出一个笑容说没事。她走了，从此再没来借书，而我则打算以后谁都不借了。但我小学时极其要好的一个朋友来了，开口要借几本。心里熬板油一样滚煎，最终却抹不下面，借了她《红与黑》《双城记》两本，告诉她看完了来换，临走又再三告诫保管好，尽早还我。新学期开始了，没见还，安慰自己说虽同在楚门，不同学校还是难碰面的，但心底不由得为那两本书的命运担忧。终于有机会去了她家，只看到一本，一问，另一本被她同学借走了。她看着我的脸色，小心地解释："她一定要拿，我拦不住。但是我告诉她看完了，一定要还给我，我也是向同学借的——这本我还没看完，到时她还了，我一起送到你学校去，行吗?"我暗自叹了一声，为它们唱了哀歌，只告诉她没关系，慢慢看着。经常在她家吃饭，嘴软，又想着彼此的交好，决定就权当送给她了——总不能因为两本书断了友情。那两本书，真的没回来。而好不容易保存下来的，在后来搬家中，终也丢了一些，两次我都不在场。

我变成借书如借命，尤其有些书，边读边随手在空白写了什么的，丢了就再找不回了。你看中什么，不管有钱没钱，我都情愿买一本一样的送给你好了，不要动我的书，我如此害怕再丢失那些文字。可我又自觉比爷爷幸运，他亲手埋葬了它们，那些文字必定陪伴了他的童年、少年、青年，却在中年时成为他无法承受的"累赘"。他不得不埋葬它们，他有四个儿子、三个女儿

（其中一个还是智障），还有一个老母亲……后门坑的夜风，我见识过，大得吓人，他肯定站在风中，不忍看却不得不看着一本本书、一张张纸、一个个字在眼前化为灰烬，他真是连一丝烟灰都不敢让它散出去，就匆匆掘坑埋了所有……他的哀伤都要躲着他人，直到他老得连哀伤都忘记了为止。而我，现在安心地守着我的文字，没有人向我借书了，现代人选择太多了，我也有了维护它们的力量和方法。并且开始凭回忆，一一去寻找儿时那些失落了的伙伴，逐渐买回了一些，还想继续买下去，我曾丢了它们，现在只想重拾回来，然后留给我的孩子。

学不会的数学

在小学一年级到二年级上学期间，我一点都不记得我有学过数学，记得成绩单上的三个数字，也是因为在二年级下学期报名时自己改了它们。二年级下学期只记得两位数乘两位数，因为教我的老师很漂亮，给我补过一次相关的课。

三年级的数学老师是母亲，所以我丝毫不敢大意，我真的是拼尽了全力去学。一次当母亲的笔下改出99、98、97、96、95、94、93、92共十多个时，我勉强考了个91。她大为生气，大概觉得我非得考第一，次次第一才能算她女儿。这种压力让我每逢数学考试就紧张、害怕。可我不会做的题目，不会就是不会，几次不会，母亲就忍不住板了脸："死笨死笨，某某某一讲就懂，某某某一学就会""你怎么就木头脑袋不开窍"？平时并不觉得谁比我聪明多少，可总是被这么骂，心里多少有点自卑，觉得自己大概真的是笨些的。结果数学就从原本的90多，慢慢移到了80多。

一次，她在家里改试卷，大表姐和她的朋友来玩，在边上帮忙结分，我也坐在边上看。母亲算了三四个90分，算到我时，只有79分，我的心咯噔一下，还没反应过来，她的巴掌就落在了身上，痛得我直龇牙。惊呆了表姐她们，她朋友反应快，说："算错了也没准的，再看看。"母亲来回翻了一下，说："哦，这里漏了6分，加上去也才85分。你看看别人，某某某随便考考，每次都是九十几分，某某某也考了90，你怎么就这么差啊——”我手都不敢去摸一下被她打痛了的地方，咬着嘴唇，努力不让眼泪落下，可它还是不争气地滚了下来。

“哭？哭——你还有脸子哭？”母亲用力把手里的卷子拍在桌上。

表姐赶紧示意我去睡，转头又劝母亲说：“85分也不算太差，九十分以上不也没几个吗。接下来不就是她了？”母亲余怒未歇地瞪着我，我捂着被打的胳膊，含着泪，连抽咽都不敢就上楼去。

可任凭我怎么努力还是拿不到第一，一直在五六名徘徊，幸亏语文基本都是第一，稍稍拉平，总成绩基本在班级前三。

四年级开始学算盘，我学得不好不坏，反正不考试，所以也没什么，但是数学明显难了起来。有些应用题，我弄不明白，就是到了现在我还是不会做。我很想母亲耐心地教我一番，可她的耐心却对着她的学生，仿佛我不是她学生一样。

我就是不明白，“一艘小船以A速度从上游向下游走，另一艘以B速度从下游向上游走，多少时间相遇”和“一艘以A速度先行1小时，另一艘以B速度行多少时间”，两船相遇算法有什么不同。又比如，“一个游泳池，一个水管进水速度为A，一个水管排水速度为B，多少时间后注满整个游泳”等等此类的应用题。我觉得出题目的人无聊透顶，干吗让船又向上走、又向下走，万一开船的人忘记了，一会儿快一会儿慢怎么办？谁能保证他一定就是A速度、B速度呢？还有一个水管进水，一个水管出水，不是很浪费吗？想归想，可不敢说，别人都觉得没问题，怎么就我有问题，说了怕是要被笑，被母亲知道了说不定又要挨骂：想别样脑子蛮利索的，怎么不把心思多放点在学习上。

但我有一个好处，不管懂不懂，刚讲的东西总会记住，依样画葫芦没问题，所以考试碰到了，还能应付。可一考完，下次又不会了，只能再去翻以前的题目。母亲总说，你没理解，没理解的缘故。我反正也不晓得理解到什么程度才能一劳永逸地学会。

因为整体难度加深，班级里 90 分少之又少了，以 80 档居多，能考 79 也算不错，我考过一次 79，一次 77，竟没有挨批评。

一次做作业，这些应用题我一题也不会，明明觉得很熟悉，可就是不会做。我趴在母亲床对面的桌子上用草稿画来画去，发现母亲的本子就在边上，悄悄地背过身子挡住，用右手拖过一些，身子再向左倾一点，感觉完全挡住了，然后转动手肘，不动声色地用左臂划出个扇面到母亲的本子，无声地翻开抄了起来。边抄边竖起耳朵听身后母亲的声响，还要装作是叉开两只手在写的样子，一有响动，就马上停下，左手飞快地合上本子，转回胸前，提心吊胆又惊险刺激，大冬天的鼻尖上直冒汗。抄完了，母亲还在忙自己的事，似乎毫无察觉，不由得长吁一口气。

过了几日，本子发回，没错一道，在同学的惊羡声中我又心虚又禁不住得意扬扬。然而一回到家，母亲就盯着我，眼神像飞针一样扎过来，说："你以为我不知道你拿了我的作业本抄的吗?"我背脊一阵发冷，低下头，等待她发落，心里也生气："抄时，你怎么不讲我?"

"你抄得全对，就以为自己真的全对了？晓不得丢脸，这和考试作弊有什么两样?"

我脑袋一蒙，原来破绽在这儿，怎么就没想到呢。后悔得要死，不是后悔抄了作业，而是后悔自己怎么不再聪明些，故意错几道不就好了。母亲还在批评，我已经习惯，难受归难受，灵魂早已出门游荡了，想着下次若还有机会，一定要"改进"。可惜后来再也没有这样的机会，就一直不清楚这方法是否可行。

四年级数学其他都不怎么样，记忆深刻的是用左手的拳头去数一月大、二月小、三月大……在那时觉得真神奇，书上也画了个拳头的图示，从食指根部骨节突起开始数一月，与中指间软骨凹进去的地方是二月，中指根骨节突起的是三月，以此类推到七月，数完了，要从头再来，所以七月、八月都是大的。很多同学数到七月，就往回数，八月就变小了，老师就举着左手，在教室绕行一圈，边走边数，碰见不对的停下纠正一下。教室里举着四五十个小拳头，大声、小声、高声、低声，欢快、烦恼、惊喜、失落……各种声音、各种情绪，都在数，场面又壮观又好玩，只要有人一错，大家都笑个不停，老师都忍不住笑了好几次。教完好几天，大家都还举着拳头数来数去，一月大、二月小的声音此起彼伏。在整个小学中，我觉得自己就这个学得最好，一遍就会，好些年里，无聊时，都还会伸出左手数数，想想那时的场面，依然好玩、快乐。可是什么时候开始，它不大管用了呢?

五年级又换了老师，我的成绩开始起伏很大，会做的可以考到八九十，不会的甚至出现了不及格，完全看这阶段学的是什么。一次期中考试，我语文作文扣了一分，基础题扣了一分，考了 98 分，数学只有 58。真是一家欢喜一家愁，老师轮番上阵做工作，要我把精力分一点在数学上，再怎么不喜欢也要努力云云。语文老师虽自豪于这 98，但也很忧心我的 58，中考是算两门总分的。学校其他只要教过我的老师，碰见我，都会说上几句类似的话，回到家，母亲更不必说了。冤哉枉哉！我花了多少心思在语文上？我基本没花心思，只是喜欢看杂七杂八的书而已，数学，是花了大力气去学却学不成的，有口难言。

我很自尊，又很自卑，面上是无所谓，不大用功，可在没人时悄悄用功，我害怕拼了命地学习却毫无起色，与其被别人当成笨蛋，那么宁可被人看作不努力好了，这可以像蜗牛的壳一样保护着自己，关键时给足一个理由：我不喜欢。不知别的孩子是否也有同样的心理，做过相同的事，这种有心无力的自欺欺人，充斥了我整个数学学习生涯，直到它结束。

幸亏，我的考运不坏，碰到的是熟悉的题目，因而在小升初中考出个全乡第二，当然语文又比数学高。

初中一年级的代数没难倒我，还碰到了栈乡四大美女之三，比较前两位，又是一种风格，精灵一样跳跃在我们眼球中，所以这一年舒心悦目。当几何来了时，好日子就结束了，平面几何还好些，立体几何简直就是杀人的刀。我的成绩又回到春秋战国动荡时代，起起落落，完全看题目过活。一次夜里，我发狠坐到了一点多，发誓不攻下那四道题目绝不睡觉。我做到了，坐到一点半，可题目只解出半道，抬起发涩的眼睛看向寂静的夜空，寥寥可数的几颗星挂在黑暗中与我默默对视，难道星星们比我更心酸无奈吗？

第二天睡过头了，赶到教室第一节语文课模拟考都已经开始30分钟了。班主任堵住我问我理由，我说睡迟了。她问为什么，我踌躇一会才说了实话，她愣了一下，就让我进去了。

中午，数学老师就来问我，似乎很高兴，还夸我终于开始认真了。我满心酸楚，我何曾不认真呢，只是我的付出从来没有相值的回报罢了。望着她如花笑靥，我把只做出半道题目的结果吞回了肚里。我的数学仍然不好，不及格次数越来越多，老师的失望挂在脸上了。

重新分班，我被分到了次一点的班里，信心也丧失殆尽了，我开始承认自己是笨，是一只飞不起的笨鸟。新的数学老师原本对我仍充满希望，可当我考出一个46分时，他左下巴上那颗痣上的几根毛都要被捻断了。我甚至准备豁出自尊、面子去承认自己就是个笨蛋。可期末考试跟我开了一个大大的玩笑，数学老师过来说你考了96分，我以为这是他送给我的综评分，不敢置信地看着他。他以十二万分肯定的口气说："上午刚改好，96分。"我盯着他一两分钟才确定他不是和我开玩笑。那么是老天可怜我了，用这96分，我的语数外平均有88分，生物选修得了68分，我竟然打败了总分第一的同学（她选修63分，65分就可以拿奖学金），拿了学校里的奖学金，25元，做梦一般虚幻。母亲比我更高兴，带我去买了一套衣服，条纹雪纺长袖衬衫和一条萝卜裤。当时穿上美得不行，几年以后再穿，诧异自己当初有那么胖，可以塞下两个了。裤子后来不知所踪，衣服还塞在母亲家里某个柜子的角落，这是我唯一一次辉煌的见证。

到初三，在不断地强化中，120分里保持在80－100这档，想想自己就这点水平了。中考时，语文102，全县第一，数学88，勉强自保，考了538分，竟进入全县前50名（肯定是末尾了）。

我还算是个有运气的人，可到了高中，起落更大，起的越来越少，越来越低，落的越来越多，也越来越低。高一低潮，就高二浮了一阵，落回去，高三挣扎也挣扎不了。我放弃了掩饰，用坦荡的心去接受现实，只期待好运来临。可高考时我的好运出差了，第一天拉肚子，语文作文离题，数学150分最后只有84分，发回原地重考；第二年用背题目的方法考了111分，语文114分，才顺利出线，可是那些高考题目现在是一道也不会了。

回顾与数学斗争的十多年时间，小学只记住一个拳头，初中记住几何外加的线叫“辅助线”，高中只记住老师说买大支牙膏比小支牙膏划算，买房子利息有公式算，可是怎么算，那时没学会现在更不会，房子是买了，网站上输几个数字进去，结果一览无余，但买大支牙膏的习惯一直保留至今，这是数学对我生活的深刻烙印。

一次和儿子在超市买东西，他挑了9.9元一袋的樟脑丸，150g，边上有同牌子的一种300g才15.6元，我说买大的。

“为什么?”

“小的150g，两袋300g，要多少钱?”

“18元，不对，快20元了。”

“对，这个300g才15.6元，哪个便宜?”

他不说话，伸手就拿了大的，然后又伸手去拿大包的洁厕灵。

“等等……”我说。

“为什么?”

“你看价格……”

他看了一下，大包的买四送一，9.8 元，小的三个装特价 3 元，马上明白，拿了两包小的，说:“6 个才 6 元，更便宜，我会了哪!”

说罢，一脸得意地看着我，我呆了，突然悲从中来，我一直计较为什么没记住计算大小支牙膏价值的方法，遗憾自己学不会数学，现在陡然发现它根本毫无价值，生活原来如此简单，我该怎么重新去审视十多年的得失。

我们在货架中穿梭，孩子乐此不疲地比较那些大包装和小包装的价格，很有权威地指导我该买哪样。我被逗笑了，又觉得学的会学不会又有什么关系，当初它的价值在于考试，确切地说是十多年的考试让我生不如死又死后重生，在学不会里学会了成长，才有现在如此的我啊。

封存的路

从家门口的石头路下去，向外再走下去四五米的石头路，就是来往的主路了，向里走是阿公家的院子。但穿过大阿公家、叔伯阿公家的院子，出了台门，还是回到主路上。

上学去，大部分是从里面走的，和堂哥他们吵架了，争口气，就会从外面走几日。路一边是人家的围墙，一边是长满大树的山坡。围墙的石头在日子里浸得黝黑，记住往事一样长满了斑驳的苔藓，路上的石头被来往的大脚、小脚磨得浑圆，不下雨都泛出一种水汪汪的光亮，每块石头里的花纹都青里泛红，如同渗入了村人的精血。大树合抱，有的甚至要两人才抱得过来，苍翠的树冠下虬龙一样有力的枝干，青苔在靠近地面一米左右的枝干上开始蔓延并成家立业。大树下还有不多的小树和灌木，灌木下有稀疏的花草藤蔓，大树掌握着一切，阳光很难穿透，长年累月的落叶铺成了一张带着腐朽气息的毯子，是我们爬树打仗、捉迷藏的好地方。

走到小店，就是一个分叉，向上到后山岭头去，向右是水井，水井右边上坡，有我家的几畦地，从地边走，是“中大路”；从右边走，一段平路向下到山沟，就是小坑里，叫“下大路”。

中大路起伏不大，嵌在山里地里盘旋，要经过中山的几户人家；下大路，基本是山，还有坟，但是野果子多。有中、下大路，自然有上大路，走到后山小庙处，再向上到炮台、栈台，而小庙对面的横路就是上大路，但走到中山又与中大合二为一。三条路大致平行。我们经常根据实时需要选择走哪一条。最快捷的是中大路，最好玩的是下大路，最危险的是上大路，经常有野狗出没，甚至还有野猪。后山的大人都不让小孩子一个人走。但穿过上大路山坡上的松树林，翻到山顶，就有长而深的壕沟，运气好的，还可以找到子弹壳。这是以前解放鸡山、洋屿时挖的，实实在在打过仗。

有一段时间，我很喜欢岭上头的玲子，放学老跟她一块走，就迁就她走上大路。一次，走到草最长的地方，路中央竟然有两只狗在徘徊，顿时吓得魂飞魄散，大人说的野狗叼走小孩、野狗咬死小孩的警告立马在脑袋上炸开。两个人抱作一团，簌簌发抖，都不知道哭，也不知道叫了。两只狗站在路中央，不退不让，只盯着我们，也不叫唤，也不避让。我悲伤地以为自己就要命丧狗口了，听见后面有脚步声，是玲子的邻居，扛着一根扁担，一头有一捆绳子，手里拿着镰刀，一看到两只狗，就一手晃着扁担，一手挥着镰刀，大声喝着“去、去”地驱赶它们，扁担都要打到身上了，它们才仓皇逃开。我们哇的一声哭出来，他说不是野狗，是中山人家屋里的两只狗在做鬼事，没什么好怕的，我们都不明白两只狗在做什么鬼事，抽抽搭搭地继续走，他走在我们边上，说，我陪你们走到人家边，不要怕了。

后来回家，说给母亲听，她一边念着阿弥陀佛，一边摸着我的头，还特地摸了摸我的眼，几个来回才放开，唬得我以为这鬼事肯定是天大的坏事，好些天再也不敢走上大路。现在倒是明白了，它们是吓着了我们，我们更是稀里糊涂地打搅了人家的恩爱，说不这定它们也是好不容易避开人，想尽兴一回的，却被无情地“棒打鸳鸯”了。

三条路最后都汇于前山的岔口，聚在人家的围墙下，又成了一条石头路，通向学校。围墙的石头黑黑的，一块一块清晰可数，我们偷偷拿了粉笔，沿着石头一路画过去，画到院子门口，其实院子没有门，就向下通过地上的石头连过去。有时恶作剧，会在石头上画猪头，边上写上“某某是猪头”。后来发现路边一户是老师家，赶紧转去画家里邻居的围墙。

院子里关不住鸡鸣狗吠，也关不住精力旺盛的大树。连着三户人家，都有树杈从墙头探出半个身子，院子和路一下就深幽起来，路边有时种了麦子，有时是蚕豆、豌豆，画面高低有致、层次分明，色彩充盈。

有一户人家的围墙只围了一边，另一边是山，靠门口的地方有一株樱桃树。一到樱桃成熟时，他家的老奶奶一早坐到黄昏天暗地看管着。首先管鸟，都说“枇杷好吃，树难栽；樱桃好吃，鸟难管”，每天有许多鸟在边上不怀好意地徘徊，不管不行。那樱桃，我们叫它“杏珠”，还没有完全长大，小小的，珠粉里透出丝丝红晕，像珍珠一样流动。但我怀疑她的作用就如同一个稻草人，早上，她精神抖擞地坐在大樟树下，拿着小拍子挥挥，等我们下午上学时，她十次里九次歪着头睡着了。但管我们小孩是行的，人一坐，不管怎样，我们都不敢上去摘。有时我就盼着它掉果子，掉到地捡来吃总不违法吧。可她没有一次不在，她在，我就不好意思了。她看我们天天从树下经过盯着她的杏珠，就会说：“小猢狲，等熟了，阿婆送给你们吃，现在不熟，你们不能摘的啊。”我们很鄙夷，谁要吃，但心里又隐隐希望她说话算数。

一天放学，她站在樱桃树下，给我们一个一个发樱桃，一人一颗，一边给一边说：“喏，鸟吃了一大半，不多了，你们就尝尝味道，下一年，结得多，给你们多吃一点。”我们都很恭敬，用双手托着接过来，我小心地放到嘴里，连牙缝也没塞满不说，还酸得龇牙。不由得失望，想和他们讨论一下，看他们都一脸严肃就不敢开口。心里嘀咕，难道他们的都好吃，就我倒霉。下一年，我们都忘了，山野里好吃的东西多了，我们并不惦记那一株被老奶奶当宝贝的樱桃。

在不守樱桃的日子，老奶奶起得也早，像是专门等我们经过一样。一次，她补衣服，线怎么也穿不过针眼，看我走过，说："小囡，帮阿婆穿一下针。"我第一次听到她叫我，拿针的手竟然在抖，三四次穿不过，她仍然一脸期待地盯着，我鼻尖都沁出了汗。刚好堂妹过来，赶紧叫她穿。她一下就成了，递给老奶奶，她眉开眼笑地拍着她的手说："小囡，多少能干啊，小孩子就是手巧。"我在边上，觉得自己特别笨，就先走掉了。中午放学，她站在门口看见我了，竟然还记得，冲我招手，说："小囡，小囡，落课了?"

她家往前转过一个小山坡，是我表舅家。他两个儿子，两座房子呈 L，构成的院子方方正正的，特别大，是村里摆做年糕摊子的地方。从靠路的一侧绕进去，屋后就是我前山外婆家。而继续沿着原先的路走，左边是人家，其中一户是我同学，他爸是杀猪的。右边是茅坑，有四五个，基本都是对面人家的，全部是石头墙，有盖芒草的，有盖瓦的，奢俭分明，全看主人家底。有几个是一口大缸，上面放一个架子，铺了木板，有几个是用水泥抹平了底，把木架子卡在石墙上，踏脚的用薄石条搭起。我们经常认准一个作为自己"御用"，有同学还为争好一点的厕所吵过。有一次邻村的同学没有让本村的同学先上，本村的同学生气了，说这厕所就是她家的，说从此后再也不准邻村的所有人用。邻村的同学一边拉裤子，一边说我屙下去的东西，肥的也是你家地，你怎么不识好歹。本村的同学说那你带回去好了，不够，我再送点给你也没关系。邻村的翻白眼慢条斯理地说，你有地方装，我就带啊，没地方装，那就不好意思了。本村的同学被激起火来，差点要动手。

最后一个茅坑下边就是一间小店，很多大人坐着闲聊，看见了也不劝架，男的还起哄，说把她翻入茅坑里去；女人在一边哂笑，一边说争茅坑要落雨的，等下落雨了就怪你们两个；老人们则说，不能打的，不能翻的，老师来了要批评的。我们也围在这边上观看，听这么说，双方要好的同学就赶紧拉走她们，事情不了了之。后来一次，我和邻村那个的同学一起去上厕所，我进了一个，她却转身去边上一个。我莫名其妙地看着她，她一脸大义地说，那个婊子囡屋里的茅坑，我这辈子都不会去上。我愣了半晌才明白过来。

小店里东西种类并不多，无非是酱油醋酒，零食也有，但我们很少有人买。下课了，我如果没在操场上疯跑，就会到这里听大人闲聊。

一天，看一个中年人和一个后生打赌，说如果后生一盒火柴每一根都一次性划亮，他就输他一包香烟，不成功，反输一包。边上的大人都怂恿后生跟他赌，跟他赌。后生袖子一捋，大喝一声好。可我看到第五根，就上课了，只好不甘不愿地回去上课，一整节课都心不在焉。一下课就跑去，中午男人一脸得意地抽着烟，后生在跟另一个来买东西的男人分析检讨自己的失误，说只剩下三根了，是我大意了，以为肯定赢，谁知道手一抖，倒数第二根划偏了，划到了火柴皮边沿上了。说着，一脸痛心疾首地还把手里的火柴盒给他看。我也想看，可又不好意思靠过去，只能伸长脖子作无谓的张望。得胜的中年男人，从一包新香烟里抽出两支，一支扔给后生，一支扔给那个男人，笑笑说，后生人，大气点，不就输了一包香烟嘛，大不了，等下我让你多抽几支回去。

后生涨红了脸，有点不高兴地说，你赢了就赢了，我又没赖你，输了就输了，香烟不要，还你。中年男人哈哈一笑，吐着烟圈说，我们再打一个赌，你半个小时，写数字从 1 至 260，一个都不错，我输你两包。后生侧着头看他，哼了一声说，你来写，我和你赌。中年男子有些尴尬地搔了搔头皮，打个哈哈，顾左右而言他。边上人说，你以为捉弄了他一次，他第二次还会上当。

小店相邻的就是学校，墙边有十来个台阶，上去就是了。在操场靠路的一侧有台阶，相当于一个后门、一个前门的意思。

当我离开时，路还在，小店的热闹还在，路边人家的炊烟还在。等我回来，一次、两次、三次……我一直找不到这条路，新拓的水泥路从一座被围墙和铁皮包裹得严严实实的屋子边上绕过，那是一间散发着恶臭的小工厂。路两旁是长疯了的芒草，两三米高，密密麻麻地积在一起，像一垛绿墙把路夹在中间。我也找不到原来的学校，小工厂过去是空地，空地过去是疏朗的几座房子，一个小学同学的家原本就在边上，现在只看到一座砖房，砖房边上的小屋子很陌生。我站在空地上愣了许久，向前走，以前我们经常沿着这条路下去，到沙岙坑，再去栈台。但眼前除了连绵的杂草和团结一体的灌木，哪来曾经路的影子。站在尽头的土堆上，可以看到洋屿、鸡山、大小鹿岛，湛蓝的天空下，它们浮漂在海面上，似乎随时准备拔锚起航。

回身转到大路上，右边是废弃了的石头路以及完全颓败了的石头屋，洞穿的屋顶，倒塌的墙体，腐朽的木梁、楼板都被封在时光的荒芜里。左边是碎石子铺起的路，宽得可以开车，在沙沙的脚步声中，似熟悉又陌生的破旧屋子。快到尽处，突然冒出一座两层砖石混合的房子，底层是石砌的，二层是砖。屋外搭了水管和一个大水槽，白墙上竟然画了一树梅花，虽然画技拙劣，却给人以非凡的惊喜。透过玻璃，里面装修也是挺新的，家电齐全，显然有人居住，再往前，路就断了，入目的仍是一座一座主人早已离开、枯萎得不成样子的旧屋。向下本应是我小学最好的一个同学的家里的，但路被塌方了的山体拦腰斩断。我站在荒地里，眺望那座已辨不出格局的屋子，想念它的炊烟，还有那个许多年不曾相见的人，落下泪来。

往回走，一棵大树向四面扩张，树下的一间小矮屋蛛丝网结，满墙满顶的褐绿色，像被施了魔法的巫婆的旧居。我竭力辨认，这会是谁的房子，才发现树后面是树，屋后面也是如织的树，但一条幽暗的线不屈不挠地穿过重重包围，挣扎着露出几块能表明身份的石头来。

记忆的闪电击中了我，一刹那的亮白让我彻底回味。虽然还想不起小屋的主人，但这条线就是原来的路，通上去绕个弯就是我一个同学的奶奶家。我还记得她曾和我说过她奶奶的节俭，竟然把一粒掉在泥地上的米捡起来，吹吹放到嘴里吃了，要知道边上不远就是一堆鸡屎哎。

我站到路口，搜索石头垒的围墙、出口搭着瓦片的烟囱，但它们都消失了，它更像一个魔法森林的入口，进去可能就要迷失，而事实上它根本进不去。

我却由此得到灵感，向那个小工厂跑去，我现在非常确定，它就是我的小学校。从它和边上的砖房夹出的不到一米的肮脏小路里进去，答案豁然揭晓。

所有的都在，路、屋子、茅坑、小店，小店走上学校的石头台阶……但所有的都已经死亡。学校成了小工厂，沿着操场边沿砌了围墙，原来的台阶，已经被堵死，台阶上全是脏不胜脏的垃圾。落叶积满了路面，茅坑只剩下一个个坑，小店、路边的人家，门窗紧闭，紧紧地贴了无数张看不见的封条，一股腐败的气息在蔓延。抬头可以看到路那头一角未倒的屋墙——那是表舅家，右转就是前山外婆家。尽管蔓生的黄金竹不断横亘在路中，但低头弯腰也未必不能通过。我迈开腿准备上去，走了三步，前面的落叶上有什么在动。立住脚，仔细一看，一条蛇也停住了游动，扭头瞪着我。我头皮都麥了，踉跄着脚步往后退，退到小工厂的墙角下，看它掉转头，似乎向边上的竹林游去，我赶紧头也不回地跑回大路。六七米的距离，却漫长得如同我二十年的光阴。

我站在大路中央，看着这个路口，那条蛇像一个邪恶的封印，封住了这段我一心想寻回并重温的记忆。

我想起，我站在后山寻找上初中时走的那条路，却只看到山谷里成片的树林。父亲说路没人走，山体崩塌下来，埋了整个谷底。似乎是山崩地裂的悲剧，可时间让一切静止，只留下一片浓郁得不能再浓郁的树林，一条被埋葬的路，还有我无处可寻的悲伤。

我还没死心，晃荡到三岔路口，站在芒草边上。既然小工厂就是以前的小学，那么是人们关了原来的路，在小学的外面另辟了水泥路。可原来的路在哪里？我从刚才的路口推测，应该就在这密密层层的芒草丛里。我爬上路边的小坡，在密匝匝的树木间看到一点房屋的影子，是的，路就在这里。

我庆幸自己穿了严实的牛仔裤和运动鞋。费力爬上一个小土坎，才发现，在这里有一个小小的突破口，有人砍了它们辟作菜地。在地坎的其他地方，芒草足一米厚，但在这里，却有一个入口容人弯腰出入。我警惕地看着地面，不希望再遇到“管路”的。穿过芒草的“拱门”，落拓的房屋就在眼前了。走上三五步，就站在了熟悉的石头上，多年过去了，它们仍然光滑，只不过石头与石头之间的空隙被时间填满了荒草。

这是我以前老师的房子，大约后来办过小厂，院子的布局与记忆里有些不同，角落搭的简易石棉瓦棚里，还留有废弃的水槽、铁轴。另一角的樟树更大了，郁郁翠翠地守着不再有人烟的房子，倔强又寂寞。往前，就是那户有樱桃树的人家，长年坐在树下的老奶奶早已作古，围墙半塌，也只有那棵大树还在，如同当年的老人仍在一样。我想过去，但看着及膝的野草，心里发怵。拼尽目力向路那头望去，几棵不识相的小树挡住了视线。其实不挡住，我也看不到什么，视线又不能像脚一样自动向下拐弯，带我穿过黄金竹丛，在先前热闹的日子里畅游一番。

风穿过芒草，芒草尖相互碰撞，窸窸窣窣地响，像荒野里一首送别的歌。

我退了出来，芒草合围，仿佛我并不曾回来过，仿佛那条路也并不曾存在过。

第三辑

舀一碗亲爱

最亲最近的人

从我被送到外婆家的那一刻起，外公、外婆就代替了父母作为我的庇荫，充满了我的整个童年。

外婆唠叨，母亲和娘姨们曾不止一次地抱怨过她们儿时外婆对她们的近乎苛责的严格，可外婆从来没有骂过我。她说刚看到我时，吓了一跳，猫儿一样大，手臂只有她的大拇指粗，还以为有什么暗疾，是要养不活的。去弄了一碗米糊，我像小狼狗一样吃得又凶又快，一蓝边碗吃完了，打着饱嗝，安静满足地吐着舌头，还咧了嘴笑，她心里才就清楚了：这是饿的。于是高高兴兴地接了我，当作了一个宝贝，还特地去打了红枣、赤豆、糙米等杂粮粉，调成各种糊糊喂养我。母亲一个月后再来，竟然认不出那个白胖的肉团了。三十年后，外婆讲起来，还会比画着手指，红了眼圈，心疼我那时的弱小。

而我毫无记忆，只知道自己在外婆的各类米糊中一点点长大，外婆说她把我和凳子比比、桌子比比，眨眼，我就比凳子高了，比桌子高了。可以跟在外婆后头四处转了，她喂猪，我看猪吃食，她烧饭，我有时看她烧火，帮她拉风箱，有时站在小凳上看她炒菜，炒着炒着，最好吃的东西多多少少都会到一点我嘴里。外婆会说：“不要和别人讲，晓得伐?”我赶紧点头，用两只手紧紧捂住嘴巴，飞快地嚼，用力地咽下，然后淘气地张大嘴巴，伸长舌头给她看，说："没了。"外婆就晃着铜勺笑骂："你这小鬼精……"这是我们的秘密。

外婆偏爱我，家里好吃的东西，她经常东藏西藏地防着家里其他人，但只有我们两个在的时候，她就会偷偷地拿出来塞一点给我，然后叮嘱我不要讲出去。这个做法，她几十年没改过，我在楚门读高中，去她那里，她都会从箱子的角落里摸出个苹果、梨什么的，用油纸袋（塑料袋）装着，外面包了一层又一层的布。就是我教书了，拎着东西去看她，她还会从什么旮旯搜出个苹果来要你带着，让人哭笑不得。有时碰到寺庙菩萨寿日，拜祭过菩萨的水果，她等不及我去，就送到学校，一定要亲手交到我手里，叮嘱我吃了会受菩萨的庇佑，不能给别人吃。

有一次，有人送了一串香蕉给她，还发青的呢，她放在篮子里挂在堂屋的梁上，告诫舅舅、娘姨们说："还青的，不能吃，等黄了再吃。"可等他们全部出门后，她就摘下篮子，掰了一个给我，说："快吃。"什么味道是忘了，香蕉皮不知是被拿去烧火还是喂猪了，真的是"毁尸灭迹"啊。那时小姨也就十几岁吧，偶有不满，她就瞪眼："你是小人啊？晓不得丢脸？"小姨是外婆的"刮肚囡"，她和四姨、舅舅们有冲突，外婆也是维护得很，但到我这儿，地位就矮下去了。

光吃还不算什么的，在外婆眼里，我什么都是对的、好的。

有一次，不知为什么在锅灶间仰天大哭，小舅笑我"朝天哭"，还学了一下，我告了一状，外婆马上虎了脸色给他看。十多年后，舅舅和四姨、小姨们讲起往事，都还很愤愤地说："姆妈、阿爸早时太宠了，要什么就什么，饭不吃，澡不洗，应嘴百飞乘了（顶嘴很厉害），眼泪一落，统统有理，不分青红皂白，让我们受了多少气。"所以当我一个人被母亲父亲扔在家里读书时，外婆没少生他们的气。所幸，很快就回来了，对我而言，楚门更像我的家。

我上一年级了，实在算不上认真，做日和尚撞日钟地过着，且爱玩，做作业拖拖拉拉，马马虎虎，母亲没少批评。每当她口气开始凶了，我就带着哭腔叫声外婆，保驾的立刻杀到，口气更凶："怎么啦，写字迟一点写天掉落下了？……"

一次，玩得忘了作业，夜深了才想起抄写还有许多词语没完成，母亲逼着写，可我困得要死，怎么都撑不住了。外婆过来说："读书又不是读命，少写点就少写点，先睡觉，天亮了早一点爬起来写不一样吗？"母亲又气又无奈，只得一再告诫："你明天天亮爬不起来，写不完，我要揍你的。"

第二天，起床不算迟，可没有预想的早，时间就有些紧张。我在土黄色的稿纸本上拼命画字，母亲拿了粥上楼，说吃了再写。粥烫难入口，我心里又急，就赌气不吃，还发脾气，说："粥这么烫怎么吃，我字都来不及写了，还吃什么饭。"母亲耐心殆尽，但还是捺了性子问："那么要咸菜拌饭还是红糖拌饭，拌拌冷些吃？""不要，不要，吵死了，没见我正在写作业，没写好，老师要批评怎么办？"

母亲终于失了耐心，大声呵斥："你现在晓得老师要批评了？你昨天干什么去了？饭不吃还有道理了？还眼泪掉出来？你怎么掉得出？……"外婆在楼下听见声音，冲了上来，说："做什么？行了，行了，你好好讲。"

"好好讲，好好讲，她也要会听，作业作业不写，饭饭不吃，还眼泪出来，晓不得丢脸……"母亲越讲越气，随手抄起边上一根小指粗的竹条就冲我小腿打了过来。

"你吃得下打她，你打她一记，今天我也陪你一记！"

"姆妈，你不要这样把她宠起，宠勿用了！"母亲气急败坏地叫起来，"今天，你拦我我要打，不拦我也要打，她皮肉胀膏胀起，勿打勿听，你晓得伐？"说着竹条就到了腿上，打得我一抖索，一声惨叫，其实并不很痛，母亲没用多少力，可我心里害怕，不由得就叫得响了。

“你老实打她。”外婆气得眉毛都飞了，大概刚在楼下扫院子，手里还拿着秃了尾巴的扫帚株（竹枝、竹叶编的扫帚失了竹叶、断了竹枝，身形大大缩水，扫帚的头只剩下很少的一部分还在用的就叫扫帚株），我刚叫出声，她就把扫帚株柄敲在母亲的屁股上，虽然下手不重，但动作清清楚楚。

母亲呆了，我也呆了，母亲一时说不出话，我却忘了哭，我们都没有想到外婆竟然真的打下去。

“姆妈，你……”母亲气得讲不出话。

外婆板着脸，想着笑，又装作很凶的样子瞪着母亲：“你还打不?”

母亲着实败给她了，气呼呼地扔了竹条，咬着牙说：“看你把她宠起来！……”说罢转身下楼，到了楼梯口，又不甘心地转过来说：“作业没做完，老师讲的是你不是我，饭不吃，饿的是你，不是我，你自己看着办……”

我不敢顶嘴，咽咽嗒嗒地把已经凉了的粥拌着红糖吃光，然后恨不得长出三头六臂来写，最后边抄边漏，5 遍的写 4 遍，4 遍的写 3 遍，才勉强在出发前画完。写的字像蟹爬起来一样，收拾时，四姨悄悄上来，站在我身边说：“写作业，转日早点写，还是要写的，写了嬉总比嬉爽了写好，嬉爽了写，日日有你哭……”

我低头，一声不响，背起书包就走，外婆一直盯着，看我出门了才放心进去。和外婆不同，外公不太说话，很威严，但比外婆更宠我，且宠得不动声色。外婆在时，出面的是她，外婆不在，只要我一喊叫，他威严的声音便会从另外的房间传来：“做什么？弄得她呀呀叫……”不管我多大的罪，都在这一声呵斥里烟消云散，而批评我的人，无论是谁都会马上噤声。

对外公的最早的记忆是从他生病开始的，我不知道他什么病，只知道他病了就要躺在床上。一次有人给了我一块薄荷糖，我舍不得吃带回来给他，告诉他：“嘴巴里甜了，肚子就不痛了。”忘了他有没吃，总之很高兴，说没有白宝贝我。

一次，是冬至夜，全家人忙着做冬至圆。他病了，靠在床上咳嗽，我等冬至圆熟，坐在他床上打瞌睡。圆熟了，吃了，我赖在他床上不肯起来，他却不依，叫母亲把我抱回去。我又哭又闹，他就是不答应，说：“外公病了，老人家的病气不能过给小人。等外公好了，再陪你。”母亲生气，暗中打了我一下说：“忒不懂事，外公生病了，还闹什么。”

我抽抽搭搭不吭声，外公告诫母亲：“抱她去睡觉，勿要讲她！”

幸亏不久，他就好了，又去晒盐。他晒盐的地方与我的学校是同一个方向，所以在我上学之后，他经常送我去。

只要是他送我，不用催促，我定会早早背好书包等在门口。从门口走几步，就是水井，沿着水井边上的小路直穿过田埂，就是下大路。路左边是石板砌成的水渠，右边是小河，我们一前一后地走，有时他感觉走快了，就回头等我一下，我就紧跑几步跟上，有时，我边走边摘路边的灯笼泡，落远了，他也不催促，就那么站着等我走近。微红的朝阳照在四周的一片绿上，泛出点点晶莹的光，唯有他微黑的脸、深蓝的粗布大褂似乎吸收了照在他身上的所有光线，然后在他的眼珠子里折射出来，里面有个背着书包的小小身影。天大地大的，这个身影像天神一样矗立在无边的田野中，让虫停止鸣叫，风停止吹动，河水停止流走，孤独、坚定地等着我走近、依靠，直到晨阳在他拉长的影子边上加上一个小一点的影子。

有时，我跑到前面去了，回头看他时，他浑身裹着光前行，晃得我眼花，我想我的眼珠子里肯定也只有他一手拿着斗笠、一手摆动走路的样子。

走了大半他就会停下脚步，我扯着他的手仰头看他，他从衣兜里摸出零钱，有时一角，有时两角，有一次还是五角，递到我手里，说："放起来……"

我点点头，默默地收好。他不再说话，牵着我的手再往前走。到了学校门口，他就挥挥手让我进去，从不说"好好读书，你要争气"之类的话。我站在门口望他走远，总觉得他走得很快，一下子就不见了，就摸着兜里他给的钱进学校。

有几次，他回家早，就到学校接我。我们沿原路回家，时间从容了，就慢慢地游回去。他送我，连着几天，我在学校里就分外用功些，等他接我的日子，我就卖力地表现。所以一路上我的话就多些了，叽呱叽呱个不停，他背着手跟在边上听。有时，我讲着讲着，就停下来，说："外公，看，这里有灯笼泡。"弯下身子就摘，手里满了，他把斗笠翻过来给我装。我吃到甜的，就递给他一个，他不吃，剥了外衣，又递给我，我就接过来吃。看到蚱蜢什么的，我就蹑手蹑脚去捉，他站在一边也不喘大气。捉到了，我一脸得意地给他看，他就笑眯眯地叮嘱一下，要拿好了，不要逃了；空着手，一脸沮丧地回来，他就拍拍我的头，继续走路。

他从不说外公帮你捉只来的话，但好几次，他走着走着突然弯下腰，站起来，手里就捏着一只螳螂或纺织娘，把我乐上半天。有时，我只顾朝河里扔石子玩，他会突然叫我，我一回头，看到的是整捧的灯笼泡。我从他手心吃一个拿一个，他的手就这么一直托着，直到我吃完。

他是一个比较严肃的人，很少开怀大笑，即使我逗他笑了，他也就露一下牙而已。这使我亲近他，心里又留了点怕，对他就分外听话。

关于零花钱，我们两个很有默契地都不和任何人说。我是个对数字和钱都很糊涂的人，没有攒钱的念头，钱一到手就花了，有一角花一角，有两毛花两毛。他也不讲钞票积累起来之类的话，反正只要送我去学校，就一定给，从不问钱的去处。按那时的物价，糖一分一粒，铅笔五分一支，一角钱可以买一大碗豆腐脑，我的学费是九块……我实在算是个小富婆了。如果他很长时间没送我了，就会把我叫过去，悄悄地塞给我一角两角的，因此，我的兜里总是装着糖，我自觉地避开家里其他人偷偷地享受。

可这个秘密无意中泄露了出去。一天中午，我和同学靠在学校靠河的围墙上讲鬼故事，我编一个，她编一个，越编越起劲，讲到吃饭时都快上课了。赶紧到大姨家，门关了，人都出去了，只好又回学校。在校门口摆小摊的老太那里买了四块五分钱一块的小糕饼吃了，权当午饭。晚上回家，母亲逼问我，中午去哪里了，有没吃饭。我说在学校里，吃饭了。

母亲又问："吃了什么？"

"小糕——"

"小糕？哪儿来的？"

"买的。"

"钞票呢？"

我不吭声。

母亲提高嗓门："我问你，钞票哪儿来的？"

…………

"你不讲，是吗？不讲，我打着你个死！"母亲举起竹棒，恶狠狠的样子。

"是——是——外公早上给我的。"

"多少？"

"两角。"……

最终，我没有挨打，但母亲自己送我的次数多了起来。

后来，他又送我一次。在半路，他掏出两角钱递给我说：“拿着吧……不要和你姆妈讲。”

我犹豫了一下，才接过那绿色泛旧的纸币，低低地“嗯”了一声，不知为什么，心里有些难受。抬头看了一下他，他正低头看我，目光一对，他笑了起来，我跟着也笑了，心里舒服了很多。这一笑，发现他的皱纹其实是很深的——以前我怎么就没有好好看过他呢。他见我放好钱，就牵着我的手向前走，这次我一直拉着他的手，没去找灯笼泡，也没去看蚱蜢，他不说话，我也不说话，一路看着升高的太阳把我们的影子越变越短。这是他最后一次送我，因为很快母亲让我住到大姨家去了。

他从来没有叫我“争气”，送我去上学也从来不问我书包重不重，更不会说外公帮你拿，他从不催我走快些也从不问我在学校里学了什么，就一路陪我玩着、走着。我总以为，他会一直在那里，站在空空的田野上等我，让我自由而又安定。

所以，在回老家时，和他告别得潦潦草草，只是反复和他说：“我会回来看你的，我会回来看你的。”心里有些难过，却并不撕心裂肺，走过场一样的，只期待下次来，他会给我什么惊喜。

我回来后不久，他就病了，我以为他仍是像以前一样肚子痛，在家里躺着。但母亲一去好些日子，回来说他都被送到温岭了，说等放假了就带我去看他。我不知道温岭在哪里，我走的最远的地方就是楚门和县城的二姨家。到那么远的地方去，似乎是很严重了；可又一想，母亲能带我去看他，应该很快会好的。我要考虑的是，带点什么给他，见了面和他说什么好呢？丧气的话是不能说的，他曾答应等我上了大学，他到我家坐在上横头（上座）吃酒，我就和他说说这个。再问问他，我回来后写的信他收到了没有，总之要说一些让他高兴的事吧。

早上，母亲在忙碌地准备行李，好像打算去很长的一段时间，我在院子里玩，怀着出远门的雀跃和即将见到他的喜悦。

东西还没有收拾好，我在院子里看见堂舅舅急匆匆地走上来，我叫他，他都没应就叫着我母亲的名字走进了门。我跟进去，母亲已经脸色发白想扶住桌子却没扶住，一下子瘫软在地上。我立刻明白了，和妹妹拥过去，三个人哭作一团。

等我们到了外婆家，呈现在我眼前的是堂屋里的一口棺材，边上好几台风扇吹着。他被包在被褥里面，我想过去再看一眼他，却被大人们阻止。可我就想去，我爆发出前所未有的力量去抗议，挣扎，声嘶力竭。我不明白大人们到底有什么讲究和忌讳，非要按住我，甚至不让我靠近他。他的魂灵会对我不利吗？还是我这一走近就打扰了他的安息？如果有，也是一种挂念，我想我们彼此都不会在乎的。

这一闹的结果是大人们纷纷表扬我懂事、有情义，说外公没有白疼我。可我觉得他们一点都不明白我的悲伤。这个世界上最疼爱我的那个人去了，我连最后一面都没有见到，我还有许多话没和他讲——我总以为时间那么多，离我长大还有那么长的一段距离，他话少，我慢慢讲，一点一点讲总是来得及的。如果早知道这样，我一定在我和他告别前，搂着他的脖子讲上一夜，我还只和他讲了我上大学请他吃酒，那时我还不知道天下到底有什么大学，就想等我知道什么大学是最好的，我就和他讲，他定会高兴的；我还没和他讲我期末真的考了90多分，不是像以前一样老是板炕沿头挂挂牢（60分刚刚及格）；我听别人讲孙子的小孩子叫爷爷要叫太公，我还没问他，那我以后的小孩该叫他什么呢；我还没有告诉他，回家以后，我开始积落钞票了，一分、两分的积了好几毛了；我还学会做米糕了，把粉和好，揉成拳头大的长长一条，然后像外婆一样，咬着白线的一头，在粉团上绕一圈，绞下薄薄的一片；我会包粽子了，我会折金银纸了，我在家里的废猪圈种了四季豆；会尖牙利齿地和人吵架了，我不怕别人骂我绝后代了；我也知道要体谅别人，不能任性妄为了；我会豁出胆子维护姆妈了，……以前不会的事很多我都学会了，你还没夸我，怎么就一声不响地离开了。

当小姨红着眼圈在我脖子上挂了一圈白线时，我扭头盯着棺材，又伤心地想到我和外婆、舅舅、娘姨都讲过等我挣钱了，就买东西给他们，为什么单单忘了和他讲呢，他是最应该享受我挣钱以后的快乐的呀。

晚了，晚了，什么都晚了，那个在田野上岿然不动的身影在晨阳的光线里消失了，在空旷的田野里隐去了，我再也抓不住他，就像抓不住一缕光、一缕风一样，但我知道他们都存在过。我站在我们一起走过的田埂上，潸然泪下。

半夜醒来，发现外婆不见了。下楼去，发现她一个人坐在小竹椅上对着棺木流泪，我走过去，轻轻地叫她。她把我搂在怀里，已经哑了嗓子哭不出声了，我们依偎在一起无声地流泪，就像两个在荒野里迷路的人似乎只有紧紧搂在一起，才能汲取彼此身上一点可怜的温度，不至于在无边的恐惧、忧伤里沉没。

…………

坟已砌好，送葬的队伍沿着大路绕行，最后上山。可他们又只允许我送到山脚，我愤怒那些莫名其妙的理由可又无力反抗。

站在山脚，看着长长的队伍抬着棺木上山，我觉得被扔下了。一个人呆呆站在溪边，不知道要到哪里去，回头看见那条从山脚直通屋里的小路，眼泪又落下来。他经常戴着斗笠，捏着草耙，从这条路上山采药，只要去采药，他就从来不许我跟着，每次我只能站在二楼阳台上看着他穿过这条小路，上山去，在山路上变成一个小小的黑点在移动。我不知道他有没有也在家看着我沿着这条路去溪边玩。他现在被抬上去了，而我依然不能跟着。我抬头就看到山腰上忙碌的人群和一道水泥墙，——那是他的坟，站在屋子的院子里就能看到，站在山脚看得更清楚，却什么事都没有我的份。我毅然走上这条路，我想这样即使他被抬着，也能看得到我。

我经常看到有人来家里向他讨草药，他从来不拒绝，家里没有了就上山去，风雨无阻。但他不让舅舅、娘姨们学，母亲说因为他觉得看多了病，医治的人多少也会被过了“病气”。因此，我心里怨恨那些来找他讨药的人，我走在这条路上，愤愤地想，如果没有那些人，他是不是就不会得病了呢？越想越气，越气走得越快，连表姐在后面叫我也没有听到。她追上我，把我往回扯，我拧着不走。她软声说：“送时走什么路，回去也要走同条道，这样死了的人才能认得屋里……”我愣了一下，立即妥协了，我是不愿意做一点对他不好的事的。

表姐仍在温柔地说着什么——她从来不曾如此过，但我一个字也听不进去。我想幸亏没有酿成大错，如果他认不得回家的路，一个人在外面该是多么孤独，月半月节时都吃不到供食了。又想，他不会麻将、不会打牌，会不会没地方嬉呢？还好我们扎了那么气派的房子给他，电视、冰箱、洗衣机的，里面什么都有，他应该不会太孤单。

沿着溪流绕了一大圈回来，坐在二楼的阳台，山路上已没有人了，他的棺木已入圹了吧。我什么都看不到，那条路上空荡荡的，我的心也空了一角。我想起有一次，我偷偷从大姨家跑到盐场找他，夏日的太阳箭一样落在黄泥路上，溅起的泥粉迷得人睁不开眼。到了才知道，盐场那么大，一块块海水泛着恶毒的光，边上是一个个三角形的小草棚，草棚下边是两三平方大的卤池，里面黄浊的水像一张张大口要吞噬了什么。我胆怯了，只沿着大路走，不敢走上盐田，我明白他为什么不带我来盐场了，他说有小孩掉死在卤池的话肯定是真的，不只是唬人的。不知走了多久，仿佛老也走不到边。我像是在一片光海里沉浮的小蚂蚁，要被光灼伤了眼，要被光烧成一摊水了。四下无人，全部的明亮和全部的黑暗一样让人害怕，我扭头沿着原路飞快地往回跑，后面追着的是一个叫恐惧的怪兽。跑到出口不远处的大路隐隐有人声，心才定下来，再去找，没胆子了；回家，心犹不甘，在烈日下坐了半晌，捡起一块小石子在路边的石块上写了他的名字和自己的名字，想了一下，又加了一句，我来找过你。盯着这几个字看了很久，回头看看那片空阔平坦的光海，它被细细的石板条隔成了一块块，心里怅怅的：他会看得到吗？

日头开始偏西，我一步三回头地走，开始发红的阳光改变了光的颜色，整个盐场像灌满了血水，我的心突然充满了荒凉和悲伤。也许用“荒凉”形容一个七八岁的孩子的心境似乎并不恰当，但当时的内心就像长了一片荒草的坟地，那景象这么多年了依然非常清晰。我不明白为什么会如此，人永远不可能知道自己某一刻的感觉对以后会有什么影响，只是记住了那一刻的特别。也许只是那一刻，我找不到他的悲伤，日后才清楚，是我再也找不到他了。那个夏天结束了，我回老家了，再也没有机会和他一起走在田埂上，再也没机会去找他了。这是冥冥中的暗示！

山路上有人开始往下走，我坐在躺椅上，这是他经常躺的，我也躺。中间连接的地方断了，他补了回去，用的是他给我做的宝剑——竹子削的，有我手臂长，两指宽，手握处跟真的一样舒服，剑身磨得很光滑。他给我时，我的惊喜是不言而喻的，它让我威风凛凛了好些天，宝贝一样带着，上学后还经常把玩，回家后落在这里，他才拿它补了躺椅吧，刚刚好。他蓝黑的粗布大褂、黑蓝的粗布被子、吃药的碗……都被烧了，留下的怕也只有这一点念想。

丧事结束，他成了墙上的一张照片和一只香炉，我看他看着我，觉得熟悉又陌生，哪里不对呢，又讲不出。父亲后来给我看他入葬的照片，大舅舅抱着他的照片在绕坟走，后面跟着二舅、小舅，姨丈们按次序排在后面跟着，还有边上忙碌的工匠……我看了半天，问父亲坟肚子里是什么样的。他答非所问，说外公就在坟肚子里。我觉得他没明白我的意思，但也没再说话，心里只是担心他的坟里能放什么，纸房子烧的灰有没倒进去，没有的话，电视、冰箱他能用吗。

夏天天热，脖子上的白线被汗不知浸透了多少次，酸臭难忍。我很想拿下洗洗。可卡着头，怎么也拿不下，想打开线结，结打死了怎么也解不开。想问母亲能拿吗，可她总虎着脸，心情一直不好，就不敢开口，和妹妹商量，她也正有此意，我们俩就拿剪刀剪了，心想再套回去，就拿新的白线好了。谁知，母亲回来大发雷霆，骂我没良心，外公待你忒好，你竟然把白线拿了，却又不说重新套回去。我吓得连哭都不敢，只有眼泪吧嗒吧嗒直掉，心下明了这白线是拿不得的，但母亲扣的帽子太伤人了，心里的难过远远大于了她责骂的恐惧。我实在不知道这白线是做什么的，为什么拿掉竟会和没良心连在一起。外公走了，我难道不伤心吗，当初所有人都夸我有情义，这下怎么就成了没良心？大人总是不告诉你怎么做才对，等你一无所知地做了，他们又回头狠命地责骂，各种帽子大扣特扣，乱扣一气，就不知道当初稍稍提醒一下孩子吗？

但无论如何，这事让我愧疚万分，当然不只是剪了这白线那么简单。而是我意识到，白线发臭是外在的，内在的怕是我心中的悲伤在慢慢退去，我在逐渐地忘记我失去了他而专心地过自己的日子了。我不知道应该如何处理这样的局面，我不能原谅自己竟然这么短时间就开始忘却。现在想来，那时大概对“死亡”还停留在模糊的感知，对它意味什么理解得还并不通透，悲伤是真实的，但它也是隐晦地漂浮着，等时间来剥去表层，留下年幼不懂事的心没肝没肺地依然快乐。母亲悲愤的责骂重新激起了我的情感，不管这白线代表的是一种怀念还是什么，我真的后悔莫及。这愧疚时不时地冒出来折磨着我，可我又无处诉说。我怕他在地下会不开心，会指责我。我日夜祈祷，希望他托梦给我，要责要罚，我都认。可他从未在我梦里出现。这事让我惴惴了大半年，每次去外婆家，都要在他照片前，双手合十，悄悄解释一番，期待他的原谅。后来一次清明上坟，我在他坟前磕了几个响头，又一次祈求他的原谅后，夜里梦到了他，笑眯眯的，我拼命想拉住他，和他说话。他挥一挥手，示意我回去。我醒了，想想他是不计较的，可为什么这么久才让我梦到呢，想不通。母亲和娘姨们去给他讲“灵故”，说他在那边很好，全家都高兴，我也欢喜：这事就算过去了吧。

读小学时，我尚能经常去看看他，后来学业渐重就少了，偶尔想去，母亲也感叹山上杂草丛生，上山的路不好走了。此后，我上大学，不是什么名校、重点大学，只是很不起眼的一所师范学校，但是表兄弟姐妹中的第一个大学生。我到他照片前特地告知了一下，希望他也高兴。然而接下来很多年，对他的回忆是留白的，只是随着自己年岁渐长，又一点点地恢复过来，带着一种言不明、道不清的哀伤，尤其是今年，似乎想把儿时丢失的情感、遗失的空白逐点逐点地补回来。安慰的是外婆一直在，我每有什么喜事，她都欢喜得要抹泪，我不知道她有没有在外公的香炉前告知他。我很庆幸，我最亲最近的两个人中，她仍健在，吃了我上大学的老酒，又看着我出嫁，还能赶到医院抱我新生的孩子，给我儿子摘丝瓜……

娘姨们的儿女也成人了，舅舅们建了新屋住出去了，她仍住在老屋，守着他，我想我有空每去看她一次，他必定也知晓的，望他佑她长命百岁，再伴我几十年吧。

弄璋弄瓦

母亲说生我时颇吃了一些苦头，因为是倒生，文雅些就是“寤生”，也就是和郑庄公一样的“寤生”。“庄公寤生，惊姜氏”，我也惊着了我家马氏，倒不是因为寤生让她痛苦，而是生下来的娃娃全身发青不会哭，吓得她也傻了不知道哭。接生婆倒拎着娃娃的一条腿，用力地抽打屁股、大腿，不知多久才听到一声“哇”，然后就是响亮的连续的哇哇大哭。所有人都松了一口气，母亲也是喜极而泣。但当时受惊并深深受伤的还有一个人，便是我的奶奶。当接生婆说是个囡，她脸色一变，甩手而去，干脆利落，并从此一个多月不再踏进我家房子一步。

父亲不敢拂逆奶奶，只好自己承担起照顾月子中的母亲的责任。父亲是个很聪明的人，他无师自通地学会了做月子饭，看过几眼接生婆打的婴儿包裹，就可以把我塞在小包裹里包得平整扎实舒坦，而母亲生养了两个孩子后，扎的包裹仍会使妹妹从下端溜出来。我生在冬日，月子里的母亲不能沾水，父亲不央求他人，自己挑了水，在后门口偷偷地洗，有几次被我家后坝上的阿婆撞见，她就帮着洗了几次，也没言传出去。为此母亲至今仍感激。

出月子后，被褥脏乱，奶味、尿味盈室，母亲就拆了被子，想洗。这么多物什，不可能让父亲挑水偷偷地躲着洗，就央了奶奶，可奶奶说没工夫。隔壁的二婶娇滴滴地喊："姆妈，把我被洗洗噢。"母亲的前脚刚迈出奶奶家的门槛，后脚还没抬，就听见她的婆婆用亲切温和的声音说："等一下，我就过来。"母亲噙着泪回来，穿上鞋套，抱着一大桶的衣服、被子一声不吭地去了溪边……

二婶生了个儿子，比我大一两个月。生囝生囡，婆婆的脸色就是如此不同。从此母亲再也没有开口要奶奶帮忙什么。

等一年后，妹妹生下来，奶奶的脸色更难看，二婶二胎虽也是个囡，但占了长孙的头名，这身份地位就大不一样。幸亏不是新中国成立前的大家族，否则电视剧里的狗血剧情就会在我身上上演了。父亲倒安之若素，一回生二回熟，给生了妹妹的母亲月子坐得更加得心应手，干脆连炒米饭也自己炒了。（这手艺二十多年后让我也受惠不少，我的月子里吃的炒米饭就是父亲炒的。）父亲没有因为生了女儿而冷对母亲，反倒欢天喜地地向人夸耀自己的女儿。母亲年轻时，柳眉杏目，唇角含笑，父亲英挺清瘦，浓眉大眼，我们继承的是他们相貌的优点。父亲自认有夸耀的资本。他像所有好父亲一样疼爱、宝贝着自己两个被人看不起的囡。因为这点好，他年轻时虽然好赌、脾气大，母亲与他争吵不断，却仍磕磕绊绊地过了下来。

但奶奶却很是恼火父亲的"没出息"，两个囡——要绝后代了，高兴什么。而二婶在又添了一个儿子后，就以"绝后代"代替了母亲的名字。在我有记忆以后，她的这个"词"就时常响在我身边。就是我们日后从山上搬到山下，不再和她家隔壁，隔了两户人家，她也常把它挂在嘴边与人言语我母亲，令人难以明白。

母亲承了这个"骂名"十几年，荣辱不惊地过自己的日子。父亲外出劳作，她一个在家带两个孩子，经常把一张骨牌凳放倒，把我放在里面，然后她背着妹妹做饭，收拾屋子。去井边洗衣服，背一个、抱一个，手臂上挂着衣裳篮、打水桶，手指上抓着洗衣桶，外加一把骨牌凳，步履艰难地前进。隔壁的奶奶视若无睹，走到半路，常有好心的邻居看不下去，搭把手，抱走我或拿些东西顺路不顺路地帮忙送到井头。到了井头，我仍站在骨牌凳里，母亲说我小嘴倒甜、讲话麻溜，却还不会走路，所以老得站在倒转的骨牌凳头里，看村里的媳妇、姑娘洗衣服，由她们逗着开心……

二十几年后，我和妹妹把自己的孩子再交给了她。一天，父亲因房子装修去买材料了，我下班回家，看见母亲一人带着两个相差八个月的外孙吃饭。我儿子也站在倒转的骨牌凳头里，母亲坐在凳子上左手抱着四个月大的外甥，右手拿着羹瓢舀上粥，先喂到我儿子嘴里，下一瓢舀起又塞到外甥嘴里，左一下右一下，一人一口地喂，谁少一口都要哭叫。她手忙，嘴也不闲着，手喂一个，嘴哄另一个，努力达到平衡。我站在门口，看到了二十多年前站在凳子里的自己，和年轻时的母亲。

后来，有一次同事问我为什么儿子的名字中有个璋，是“弄璋弄瓦”之意吗？我愣了半晌，才说没有，当时起名，只是璋、张谐音，表示儿子有我的一半。但突然地想到当年母亲给两个女儿，起的都是男孩一样名字，尤其是我，无数次被当作男孩，甚至在登记结婚宣誓时，司仪还叫着我的名字说是新郎。我也问过她为什么要给我们起这样的名字，我想她大概并不知晓什么“弄璋弄瓦”，她只是不愿意她的女儿和她一样，她要求我们有自己的气性，走出自己的天地。

十多年来，我们陪她听着“绝后代”的骂声，和她一样不以为意，在她严厉的管教下有惊无险地长大。她像男人一样去修路、搬石头，她学过炒瓜子，到工厂做工，当代课老师，挑着担子四处游走卖洋菜膏、炒豆、瓜子、包子点心……她一分一厘地积攒我们的学费，一直到我们大学毕业。我考上大学那年，她大手笔地宴请了三亲六眷，那一日，她忙得头昏脑涨，但笑却刻在脸上一样。第二年，妹妹考上了，她也摆酒。我们一左一右地拥着她，她就一直笑着。再也没有人敢轻视她，更没有人再叫她“绝后代”。然后我们毕业、出嫁，我却一直忘不了我小时候她抱一个、背一个去井头洗衣服的样子。

也想起小婶生小堂妹时，因为是高龄产妇，颇为辛苦波折，花了不少钱。奶奶不满地说作死作活还是个囡，做什么呢？小堂妹和我差近20岁，应是我辈中最聪明的孩子。还有妹妹生产后，我电话中告诉在家等消息的父亲说是个男孩时，爷爷在边上一再叮嘱父亲：“问仔细，两个囡都生了吗？不要搞错了，别人要笑的……”听到这话时，我29岁了。29年，有些东西变了，有些仍没有，我忍不住为29年前的母亲心酸，但为29年后的她骄傲。

二舅的萝卜和甘蔗

七岁那一年，二舅除养了一大群鸭子外，还种了半亩萝卜、半亩甘蔗。他说等甘蔗长成，你们就不用买着吃，到舅舅这里吃个饱，再杀几只鸭子我们好好乐乐。

我真不知道二舅何时种的甘蔗。他带我去看的时候，我才发现甘蔗就种在萝卜边上。我们的萝卜其实是胡萝卜，书上的萝卜，我们叫它“长菜头”。

二舅耙地种萝卜时，我去帮忙翻过土、撒过种子，弄一身泥巴回来，居功了好些日子。可是种甘蔗，我竟然不知道。小姨唬我，到时候萝卜可以随便吃，甘蔗嘛，恐怕不行。我问为什么。她说因为你没出过力。我闷气好久，后来想起来这是二舅的东西，小姨做什么主，只要二舅觉得我出过力就行。我很郑重地跟二舅说，我帮你管着。

家里其他人忙里忙外，就我闲人一个。地就在村子里，离外婆家仅几分钟的路，我三天两头到地里去，既可以出力管地，又可以和边上人家的小孩玩，一举两得。

管了没几天，萝卜冒头了，绿莹莹的一片匍匐在地上，给老实巴交的泥土添缀一份娇气，而边上的甘蔗实在看不出是甘蔗的样子，种下去像杂草，现在还是像杂草。我建议二舅把鸭粪填在地里，这样会很营养，可他只是笑。

我的新鲜劲很快过去了，去地边只和人家玩得热火朝天。萝卜又长高了不少，当甘蔗冒出点甘蔗的意思时，母亲却把我塞到了学校，还住到了大姨家，只能周末回来，才有机会去地里看看。甘蔗已经有尺把高，未来零嘴的影子已经在回荡。我自豪地对伙伴们说，这是我舅舅种的，到时候请你们吃。

二舅似乎完全没有留意，每天仍是围着鸭子转，有规律地赶来赶去。我告诉他甘蔗和我一样高了，他才告诉我他早已知道。有几次，我跟着去放鸭子，才知道这段时间他都在这边，每天赶着鸭子从地边上走过，把鸭子赶入边上的小河渠后，就忙地里的事。

夏天很快就要过完了。那一地密密麻麻的甘蔗，长得和我们平时见的一点都不一样，全部只有手指粗细。我们都着急，二舅倒是很淡定，说可能种得晚，会长得慢一点，再等等自然会长大。

我们都忽略的萝卜却长势良好，绿油油的叶子亭亭玉立在黝黑的地面，被一边黄不拉叽的甘蔗衬得纤细、娇俏。有一天，二舅一副恍然大悟的表情说，萝卜老早可以拔了。

他在地里忙了大半天，等我们赶到，地已被翻过半，横七竖八的萝卜躺在新鲜的泥土里，一节一节的红，二舅正在拢堆。我们唱着《拔萝卜》一哄而上，对剩下的萝卜伸出魔爪，都做好"嗨哟，嗨哟，拔不动"的准备。可一使力，来了一个屁股墩，拔出来的都是萝卜丁。我们不由得失望：旺盛叶子下的萝卜们个个营养不良，两三寸长、拇指粗的竟然算是顶大个的了。小姨不死心，用草耙子细细地挖，嘟哝着："我就不相信没一个大的。"我们随随便便地坐在地上，讨论为什么萝卜会这么细小。最后表姐得出结论：土地的养料都被甘蔗吸收了。我以此类推，说那么甘蔗肯定会很大、很甜。说完，我感觉自己的喉咙"咕咚"了一下。

表哥大咧咧地说，现在甘蔗还没的吃，我们先吃萝卜。说着，捡起一根在裤子上蹭了蹭泥，就往嘴里塞，“咔嚓”一声，又响又脆。

“嗯——好吃!”他一脸陶醉。我们不敢信他，等他一根吃完，准备吃第二根时，小姨、表姐才拿起来吃。我看着他们带泥吃，有点犹豫，问会不会肚子痛。表姐说没事的，泥吃到肚子里会随着大便拉出去的。我小心翼翼地擦干净一根，小咬一口。真好吃，干脆、清甜、爽口，吃完立刻拿起第二根，然后是第三根、第四根……边吃边看着一旁的甘蔗，似乎是更大更甜的萝卜在招手。

小姨他们起身帮二舅拢萝卜，我还在懒洋洋地吃，等他们叫我，二舅已把地里的萝卜都装到簸箕里挑走回家了。我打着饱嗝，爬起来，肚子胀得厉害，屁股上的泥也懒得拍，托着沉甸甸的肚子跟着他们慢慢往回走。

二舅看见我们就说四只兔子回来了，说得我们很自得。

晚上，我肚子痛得受不了，又吐又泻，折腾了一宿。大人们都说生萝卜吃太多，胀肚子。第二天，还让我饿一顿。从此，我再不碰萝卜，死活不碰。外婆说，这是吃“伤”了。二舅很内疚，偷偷给我买薄荷糖，说甘蔗熟了，把最好的给我。

我们都在等，等甘蔗从指头长成胳膊。二舅每去一次都能发现被人拔过的痕迹，已经有人在打甘蔗的主意了，我们担心它没长成就被拔光。过了一些日子，又不怎么有人动了。街上到处是甘蔗了，它还是指头，等得二舅都有些按捺不住，最后说算了，砍掉吧，再放下去，恐怕要冻坏了。

二舅定在周末——家里能来的人都来了。我们拿着锄头、镰刀、甘蔗刀，声势浩大。甘蔗太密，人进不去，在外圈割都有密不透风的感觉。舅舅们干脆用锄头连根拔起，才劈出一片来。我们垂涎三尺地盯着，二舅递过一株，表哥大叫“吃糖梗啊”，高举甘蔗刀去削根部，结果“咚”一声，只劈出一点皮。他愣了一下，又举起刀子狠狠地斩下去，“咔”，刀只嵌进三分之一，还卡着拔不出。他傻在那里，半晌才说：“这是糖梗还是铁棍啊?”

我们也呆了，四姨过来说：“忒笨，吃也没本事?”表哥不服气地说：“你来试试。”

四姨竟不能一下拔出刀，她回头问表哥：“你怎么弄进去的?”说着，用力晃着刀子才勉强滑出来，然后龇牙也来一记“劈空斩”，结果比表哥还不济，只飞溅出一点甘蔗皮屑。我们哈哈大笑，四姨也笑了，说真的这么硬啊。回头向二舅喊话：“二哥，你种的真是铁棍啊。”

二舅过来，皱着眉头，叹气说：“我来吧。”他用只剩下拇指、食指、无名指的右手抓牢甘蔗，然后凝神发力，刀光一闪，“咔”一声，甘蔗应声而断，但他用力过猛，还趔趄了一下。我们都惊在原地，仿佛二舅刚才斩的不是甘蔗，而是人头。等他开始费力地削皮，我们才惊魂甫定，看着他先劈入一刀，用力撬开一道缝，再上下移动刀子，一点点撑开甘蔗皮。

二舅把甘蔗递到我们手里时，鼻子尖上全是汗，我们也看出了一身汗。甘蔗斩头去尾，剩下的只有我一只胳膊长。二舅先给我吃，我一咬，就一声惨叫——要换的门牙差点咬断。我捂着嘴巴呜呜叫，他们围在旁边又吃惊又好笑。表哥拿过去咬，一下没咬动，一看，只有几个牙印，做鬼脸说要命，咬不进去。他们都笑了，我也笑起来。

表哥换到犬齿和大牙，勉强咬下一点，我们看着都牙发酸。本来还想笑他，看到二舅一脸严肃地在沉思，我们都打住了笑。

二舅转身走了，继续去锄甘蔗。我们站着面面相觑，最后表哥故意大叫：“老实甜啊——”四姨马上反应过来说：“硬一点的糖梗肯定根更甜。”二舅埋头苦干，不理我们。四姨冲我们眨眨眼，拿了另外一根，学着二舅刚才的样子削起来。我们看到她嘴都削歪了，却硬着头皮说：“有窍门的，你看，我现在削得不是挺轻松的?”表哥眯着一只眼，磕着一边的牙，又上下左右活动了几下下颌，说：“老实蛮甜的，糖梗根这里硬，中间还算嫩。”边说边吐出一点甘蔗渣。

四姨削好后，每人分了一段。我努力撑着嘴唇，用边上的牙齿一点点小心地咬着，尽量不碰到门牙，于是甘蔗汁不时滴下。他们都笑我是没牙老太。我们吃了四根，四姨削皮削出一手水疱，我只吃了一段嘴里也生出几个泡，表姐吃得不多，小姨和表哥两个人吃得最多，竟然一点事也没有。舅舅们也吃了一点，确实挺甜的。但二舅仍有些泄气，说：“卖是卖不出去了，幸亏家里人多，分了吃。”

忙到第二天才收完，表哥兴高采烈地带了一大捆回去，对二舅说：“就是让你给自家人吃的，要卖，娘舅你明年再种呗。”

二舅挠挠头，无奈地笑笑说：“怕是你娘舅没这方面的本事啊!”

半亩萝卜仅收一挑两簸箕，自家留着；“铁甘蔗”倒很多，送了不少，全家十来个人还吃了一两个月。我是嘴巴里的泡好了又吃，吃了又发，发了又好，好了又吃……到现在还是如此。

但第二年，二舅果然没种任何东西，甚至连鸭子也不养，去学开拖拉机啦。

前山外婆

前山外婆不是我的亲外婆。

她是母亲苦于无法一边代课一边照顾两个年幼的孩子时，雇来照看妹妹的。若按现在的话就是“保姆”，但在三十多年前的乡下是没有这种说法的，而且雇佣关系也并不明显，按例得叫她“阿婆”。因为她女儿是我家邻居，关系很亲，就跟着她的两个外孙一同叫“外婆”，为了区分我的亲外婆，就叫她“前山外婆”，因为她家在前山，我们村子由前中后三座小山组成，分别叫前山、中队、后山，我家在后山。

我记不清她照看妹妹到几岁，母亲把妹妹托在她家的同时，我托在外婆家，只晓得她家在村小学边上，母亲课余也方便跑去喂奶、照拂一下。

等我 8 岁回家读小学，母亲已不再代课，带着妹妹在家做活。我第一次碰见，她穿着斜襟的蓝布大褂，牙很白，很整齐，脸白净、秀气，用最常见的银色发簪在后面盘着一个髻，很清爽利落的一个人，装束寻常，却有一股脱颖于一般农村老太的气质。我觉得她很漂亮，也很和气。我没有一丝生分地跟着妹妹叫她“外婆”。她也欢喜，高兴地应着。此后每次碰到，我叫她外婆，她就含笑叫我“囡”，常常边夸我乖巧、听话，边随手塞过一颗糖什么的。她的手干爽、温暖，指甲整齐干净，不像我奶奶她们的手，指甲长年含了黑垢。

我没来由地喜欢她，不知是因为她的糖果还是因为她的夸赞。所以我有事没事地去她家，有时喝个水，有时洗把脸，有时是帮她拎水桶（尽管她并不需要）……总之，我运用了一个8岁孩子的小小心机讨她的欢心和喜欢。

那时，我刚从外婆家转学回来，从一个被宠上天的孩子跌落为被爷爷奶奶、婶婶们嘲笑的“绝后代”的囡。我任性妄为、胆大包天，时常闯祸，母亲痛心别人叫我“野男”，但她不得不承认我的野气。当有人来告状，有时甚至是几句闲话，不管是否真的有错，她都会举起竹梢做成的“棒”，毫不留情地挥下来。而妹妹犯错，她举着大扁担，故意板着脸，虚张声势地敲在门上、凳上嘭嘭作响，几下过后，她自己忍不住笑了，妹妹也跟着笑。这是她们乐此不疲的游戏，我站在一旁，像个外人一样，冷眼旁观，心里酸酸的，那种亲昵，我融不进去，只有远远走开。

这时，安慰就是前山外婆，只有她从不说我野蛮，她只觉得我聪明、能干、乖巧，我甚至觉得她待我要比待我妹妹好，这让我的心里多少平衡了一些——毕竟那么远，我不可能向自己的亲外婆求助。

一天下午，母亲牵着妹妹破天荒地来到学校看我。我压住满心激动，装作十二分认真、用功的样子，期待她看到。可她只叫了老师出去，我竖起耳朵听她讲话。

她把钥匙交给老师，请他告诉我她不在家，让我放学后早点回家。我不由得有点失望，她的目光根本没向里面看。

老师问她要出门了。

她说不是，只是想让我回家烧饭。

我坐在三个年级合用的大教室最里面，靠墙的位置，看着她仰着头和老师说话，阳光照在她的嘴上，那些话穿过了八排密密麻麻的同学和无数细细碎碎的声音撞到墙，在我耳边炸成了一个惊雷。心从云霄掉到深谷，摔了个粉碎，恨意顿生：我为什么要如你愿，不烧又怎样？

放学后，呆坐在教室，看同学一个个欢天喜地地回去，看着夕阳从门槛移到门框，再从门框消失，狠下了心，抓起书包往前山外婆家去，我不回家，看你不着急。

进门时，外婆正在烧饭，看见我一愣。我低着头，不安地解释：姆妈出去了，家里没人……外婆说那黄昏就宿在外婆这里好了，说着，往锅里加了把米。看我一脸不安，拿出一块巴掌大的番薯放到灶孔里，小心用火灰压好，笑着说："煨个番薯给你吃，好否？"我说："好。"其实心里并不清楚煨番薯是什么。她烧火，我给她拉风箱，看灶火把她的脸映得一阵一阵的红亮，听着柴火在灶火里噼啪轻响，心就安静了。

我问外婆："我是不是捡来的，妹妹才是姆妈亲生的？"前山外婆说："都是你姆妈亲生的，外婆晓得的，你是老大，要懂事！"

"老大就是要吃亏的吗？"

"不是，你念书了，妈妈要求高了！"

然后，她问我："囡，作业做好了吗？"

"好了。"

"读书要好好读，为你妈妈争口气，晓得呒？"

"晓得……"

"你妈妈苦，你要听话。"

"晓得。"我低低地回答，有些心虚。

饭快熟时，外公回来了，看到我在很惊喜，咧着嘴大笑，说："难得，难得，有客人。"

外婆叫他去门口的架子上摘些豆荚回来，我熟练地帮她把豆荚的筋从这头撕到那头，一点也不损着豆荚。外婆看着忍不住又夸。

豆荚炒好，饭也好了，番薯也烤好了。外婆盛饭的当儿，外公帮我扒出了番薯。掰开烤焦的外皮，里面一片金黄，香气四溢，我生平第一次知道番薯可以这样吃，而且这么好吃。

吃饭了，碧绿的豆荚放在玫红的鱼生旁，像红花绿叶一样鲜艳。饭锅上炖过的鱼鲞、剩蚕豆、咸豌豆带着饭香围绕着它们。我喜欢鱼生和鱼鲞，前山外婆和外公却把豆荚里为数不多的几片肉带着豆荚夹到我碗里。这顿饭是我从楚门回家后吃过的最香的一顿。

吃完，带着一个孩子最诚朴的感激，我趁前山外婆出去喂猫，外公去挑水的时候，垫着小凳在灶台上洗了碗。前山外婆回来时，一声惊呼："囡啊，放着放着，不用做，不用做的……"

"我已经洗好了，锅太大，抱不动……"

"哎哪哪，我的囡多少会啊，哎哪哪……外婆来做，外婆来做…"事后她念叨了很久，逢人就夸，夸得我都难为情了。

洗完碗，烧水洗面、洗脚。外公拧好他的毛巾要帮我洗脸时，外婆拍开他，嗔怪他："小人洗面，你老人气过给她做什么。"从箱子里拿出干净的毛巾给我，外公讪笑着拿毛巾洗自己的脸。我觉得外婆太大惊小怪了，可当外公伸出脚时，右脚上面有无数个小石子一样的肿块，一个堆一个地挤在脚上，整只右脚被堆成了左脚的三四倍高、大，解放鞋的带子抽走了，艰难地套住脚底和脚趾，轻轻一抖，就落下来，脚沿的有些地方被磨得生脓出水，结了痂。

"真吓人，外公，你的脚为什么会这样子?"

"痛风。"

"痛蜂?"我瞪大眼睛，"是蜜蜂叮的?"

"蜜蜂?"外公一愣，随后哈哈大笑，说，"对对对，蜜蜂整窠箍上来把我咬的。"

我满脸同情地看着他："你怎么不跑快一点呢？或者把脚包一下，让它咬不进也好啊……"

"我岁数大了，跑不过蜜蜂，换作后生时候，九里达我都不怕。"

"九里达?!"我惊声万分，"九里达多少吓人啊——外公，你以后不能碰它们的，它们屁股上的针，很毒的，你以后看见蜜蜂什么的，都绕开走……"

"哈哈，我囡和我多少好，晓得担心了。我不怕的，它飞来，我就用柴刀左一下右一下，赶跑它们。"外公一副英勇无畏的样子。

我又发现另一个问题："外公，为什么你左脚没事。"

"左脚也有的，不过左脚臭些，蜜蜂大概不中意……"他一本正经地说。

我将信将疑地望着他，外婆听不下去了，轻喝他："牛皮拉拉声，专门旋小人。快点洗了，让囡睡觉，她天亮了要读书的。"

外公嘿嘿笑着，拖着右脚倒了水，关了门。我睡在外婆的床上，看外婆似乎在准备明天的早饭，不时回头和坐在另一张床的外公说话，没听几句就睡着了。

第二天醒来，映入眼的是低矮、灰暗的小屋，顶上一块书本大小的玻璃瓦透下几丝光亮，我睡的床对面是一个柜子，上面叠着两只木箱，年岁太久，已暗得分不出颜色，柜子贴着陈旧的木碗橱，碗橱这边上是一张同样老旧的方桌和四条凳子，再边上是一张架在两条长凳上的床，挂着和我床上一样灰旧、打着补丁的布帐。这是屋里的全部家当。一时不知自己身处何处，一骨碌地坐起来，有些发蒙。

"囡，醒了?"

"前山外婆?"我清醒了。

"爬起，洗面，吃饭。"

“哦。”

白粥边上放了昨晚的剩菜，热乎乎的已炖好。我洗好脸，桌上却多了个炒鸡蛋。外婆说这是专门给我的，但我没有吃完，说外公外婆也要吃。这事她又念了很久，弄得四邻八舍皆知。

其实我是想吃完的，但是因为回到学校就要面对逃家的后果，就有些恐慌，又想到自己实在是打扰到外婆了，不能不知好歹胡来。

忐忑了一天，磨磨蹭蹭到家，什么事也没有，连句责骂也没有。我很惊奇，想不明白，但既然父母不提，我就更加不提，还卖力表现了好几天，看真的没事才放下心来。

后来母亲再也没有做过类似的事，真叫我煮饭，早上就讲好；也不再人家一有风吹草动地来告状，就想到责罚我……

我沉浸在这转变的快乐中，人也变平和了不少，多年以后才咂味出这其中的奥妙。

在回来的半年时间里，我隔三岔五地去前山外婆家，但后来就少了，一是因为接受了现实，二是因为邻居收养了一个女婴她要帮着带外孙女了，三是我也渐渐明白，每人有每人的日子要过，每人有每人的艰难，不能因人家的好而没脸没皮。她仍然叫我囡，仍然会给我糖，而我也依然喜欢她，我的方式就是帮她做事却不再在她家吃饭，把她给我的糖果我给她的小外孙女。

当我开始离开村子去读书时，和前山外婆的联系就少了，但还是会去看看她；当我离开所居的小镇去楚门求学时，就基本没去看她了，倒是母亲提过几次说她还会念叨我，说我出息了。她去世时，我正在外求学，没能去送她最后一程，妹妹倒是去了。而母亲也可能觉得妹妹于情于理都要去，而我是可去可不去的。

日子被忙碌充斥，很少想起儿时的人、事，偶尔有一次听父亲无意说起，说前山外婆不是村子里的人，是从太平逃荒来的。自然灾害之年，我们这个靠海为生的小村子，因海的滋养而安然生存，吸纳了不少从太平逃荒而来的女人，前山外婆只是其中一员，据说她在太平还有子女，但她再也没有回去过，守着一只脚大一只脚小的外公过了一生。怪不得我总觉得外公“粗犷”的气质与外婆的“闺秀”气质有些格格不入，原来如此。

今天凌晨四点多，莫名醒来，我很清楚自己并没有做梦——想起一些往事，不知怎么的就想起了前山外婆，以及我住的那一夜。

那被火照亮的脸庞、喷香的烤番薯、碧绿的豆荚、玫红的鱼生……永远留在了记忆里，抚平了一个孩子怨怒的内心，温暖了她的一生。

井里流光

我老家山上的两口井，粗拉拉的造型，只有2米左右深，一到夏天，就经常见底，所以更像两只埋在地下的大水缸。外婆家边上的井就不同了，井沿用半米高的石板拼搭成一个六边形，井台用鹅卵石铺出花纹，上面还用碎瓷片点镶出“造于一九七〇年”的字样。井里的流光，把井沿、井台连同碎瓷片的字都浸泡成了沉着的赭色，生出一股古朴、深幽的气质。

水清冽冽的不见底，影子在水面上轻轻晃动，多盯一会儿就会觉得井变成了一只墨黑深邃的眼，吸引着人不由自主地想一头栽下去。我不敢像其他皮孩子一样明目张胆地向井里吐口水、扔石子，悄悄地干过一回，看着井平静无波地吞噬掉我的口水和石子，就有一种莫名的敬畏。外婆总是不让我一个人去井边，说井里有水鬼，会拉人下水的，可舅舅却说井底连着东海，东海龙王有时候会来检查小孩子有没有在井边做坏事。不管什么说法，他们的目的反正达到：我绝对不会一个人去井边打水，尤其是鬼森森的阴雨天。

可就是这样的井，竟然也会见底。刚开始时，我无比兴奋，我想去看看井底有没有龙王，看看它与东海的通道。整个井，从井沿到井壁、井底都是黑黝黝的颜色，井底的烂泥包裹着石块，那一点汪亮的水，似乎也是黑色的。没有龙王，也没有龙王的通道。质问舅舅，他解释，旱天就是龙王上天去了。这话似乎对，似乎又不对。没等我十分明白，人们用村里最长的梯子再接上一把短一点的，几个壮汉一齐用力把它架到井底——它可要用上些日子哩。

我们家下井的多半是外婆。我半蹲着趴在井沿，看她瘦小灵活的身影，一步一步地从光亮沉到黑暗中，仿佛永远爬不完。等她踏上井底的时候，如同站在时光隧道的另一端。她叫小姨把打水桶放下去，声音在井壁滑腻的石块上打滑了几个回合才上来。我低头看她，她仰着的脸有些模糊，单薄的身影像一片叶子漂在井底。我有些发晕，转过脸努力地瞪着小姨手里的桶绳。一根粗糙的麻绳团在地上，每隔我一手臂长短就有一个鸡蛋大小的结，小姨按着绳结一下一下地放下水桶，带着郑重和庄严，难道每一个结里都记录了一段不可忽视的历史吗。麻绳放完了，后面是一段更长的尼龙绳，也打满了结。

铁皮桶一段一段地往井下沉，外婆灰蓝的衣服像水一样汪亮，我心莫名地停了一下，担心万一龙王刚好回来，井下会不会突然冒出一股水，会不会……这样想着，就拼命地叫："外婆——外婆——"她应我："怎么?"我又不敢说了，怕不吉利，待了一会才换一句话问："水有吗?""有!""多么?""一点点，舀舀还是有的。"

我不说话，继续盯着小姨的手，间隔均匀的绳结一个接一个地落下去，感觉这绳子比一桶水更重。

小姨有些无所谓地拿捏着，动作一大，桶就晃得厉害，有时碰到梯子就是沉闷的嘭的一声响，撞上石头就是清脆的哐当一下。外婆的声音就会悠悠地传上来，怒气被一路湿答答的井壁吸收了，剩下轻飘飘的一句："好好放下来，桶都要敲破了!"说着抬手抓住到了她眼前的水桶……

小姨提水的样子认真多了，这样深的井，一小桶水拉上来也是颇费气力的，大桶还没装满，她就气喘吁吁了。她冲井下嚷嚷："拉不动了，姆妈你等下嘛！"外婆骂她："懒骨头，动一下就熬不住。"但是也没有坚持，小姨靠着井沿喘气，外婆坐在梯子最下面的一格发呆，井底脸盆大小的一摊水竟然也照出了她的倒影。因为远，我只模模糊糊地看到一个头。等脸盆变成大脚盆了，外婆又开始舀水，小姨嘟囔：这么快。

两个大桶都满了，外婆就爬上来，我看着她的头顶逐渐逐渐从幽暗浮到明亮，就有一种安心了的感动。回去时，外婆挑着水在前面，瘦小的样子像天平中间狭细的轴，支撑着两边比她大、重的水桶，稳稳当当地走。小姨拎着打水桶跟着，我空着手走在最后面。

这口井，白天不管怎样干涸，只要给它一夜的喘息，水就会满过井底舀水时供人踩踏的石块，具体我无法判断多深，但至少可以不用借助梯子爬上爬下了。偶尔梯子仍然在，那就可以用梯子的格子来计算。我问外婆，白天难道不生水吗。她说，夜里龙王才会来。我不明白白天龙王去哪里了，但没有继续问。后来有几次，人们夜里也要下井去舀水，昏黄的手电筒在井里一晃一晃的，把井壁照得斑驳，井里月亮的影子清清楚楚，可还是没有龙王。"龙王回龙王村了。"外婆又说。我大姨家的村子就叫"龙王村"。我去住了几天回来，井竟然满了一小半。难道我去了龙王村的时候，龙王回来过？我暗暗叹气，自己大约和龙王是没有缘分的。

在我不在的几日里，井旁原来的泥沟，用石板修整了，浇了水泥，整齐美观。每天下午四五点钟，南塘河的水就被抽上来，沿着水渠流来，清澈，带着热度，如煮过的开水一般，人们用来洗衣服，有些大人甚至让小孩用它洗澡。

来一场台风，井就满了，几乎要溢出来。水含着一种泛白的灰蓝，托着井壁上的凤尾草，平静无波得如同刚上桌的蛤蜊菠菜汤，有难得的亲和。我蹲下去，把头稍稍伸出去，水面上有半个黑乎乎的脑袋和一双黑乎乎的眼睛，像我又不像我。半米高的井沿给了我距离和依靠的安全感，我再探出一点，有鼻子和嘴巴了，吐出舌头做了个鬼脸，井温和地回应了一下。我长久地凝视着井里的小孩，大眼睛、长睫毛，一笑露出一个豁牙，是个可爱的小姑娘。是我吗？我忍不住想伸出手去摸她，就像小猫看到镜子里的自己忍不住用爪子去抓镜子后面的虚空一样。

井沿的坚硬冰冷硌了我的手臂，才意识到自己在干什么。回头一看，大人们不知道什么时候走光，我连滚带爬地起来，使劲力气跑回去，站在外婆身边不挪一步。从此，再也不敢一个人待在井边。

井应该是最善于沉淀光阴的容器，人们的日子一点一滴地汇成井水贮存着，从不见它消失。我有多少年没有去过井边了呢？原来的水渠上面铺了水泥板，成了暗渠，“造于一九七〇”的字样倒仍清晰。

自来水早就有了，但是村里的人还是喜欢去井边，尤其是上了一点年纪的。几年前，舅舅与母亲他们就不允许外婆再去井边打水，他们说这对一个八十多岁的老太太来说太危险了。不知道，这种危险是否就是我幼时的恐惧。

外婆的小菜

外婆八十岁了，还常常上山采药挖笋、下河摸石螺，一次摔着伤了腿，舅舅、母亲他们不允许了，她就在房子左边的空地上种了一些小菜，绿油油的，很有生机。

前几年，我在镇上的中学教书，母亲在学校帮我带孩子，她就常常送一些过来，有时是芥菜，有时是青菜、小乌菜，还有葱、蒜、姜、豆荚什么的。一开始，她不太敢进校门，就对门卫说找我，门卫打电话给我，通了，我就去门口接她；有时上课哪，打不通，她犹豫再三，多半是回去了。我说你可以放门卫那里，他会通知我的，但是她终是不放心。后来次数多了，门卫也不拦她，她就直接到宿舍找我母亲，放了菜，逗我儿子玩，小孩子笑得响，她笑得更响。

一次，她大中午的来，提着一袋菜，满头满脸的汗。我看着心疼，就说以后我去拿吧，免得你跑来跑去累。她说："不用，我出来，先到你大娘舅家，再到你小娘舅家，最后到你这里。"我才明白她是依次送过来的。母亲问她吃饭了没有。她说吃了，神色却不自然。母亲笑笑说："我们还没吃，打算煮面，你帮我看着宝贝，我好去烧。"她想了一下，答应了。

她左手伤过，没力气，不能抱，就让孩子躺着，她把雪白的脑袋在他胸前轻轻地晃，嘴巴发出嘬嘬的声音，孩子的小手抓着她的头发玩，咯咯咯的笑声不断，两个人都不亦乐乎。烧好了，母亲说烧多了，盛了一大碗，让她再吃点，她推辞几句也吃了——这是这么多天来第一次留下吃饭。我和母亲对视一下，会心一笑，我一个劲夸菜新鲜、好吃。她笑得跟花一样，吃完，就要回去，说要侍弄小菜，明天再拿点过来。此后她几乎天天来，菜的种类也多起来，同事玩笑说我家的菜是特供的。而她除了帮母亲照看我儿子，也会留下吃饭了。

不久，家里开始造房子，父亲一个人忙不过，母亲就带着我儿子回家住。她来了几趟，让我把菜带回去，但着实无其他事可做，渐渐地就不来了。乡下盖房子，自己做的活很多，加上一个小孩，母亲让我去接她来应付一段时间。我去了，发现她又在房子后面新辟了一块菜地。我问她什么时候弄的。她说你们喜欢吃，我就多种一点。我打趣她，说："吃不完可以卖，挣点猪肉钱。"她笑起来，怅怅然地说："卖不了几个铜钿的啊。"后来，我才知道，她还真去卖过，但是舅舅、姨妈们反对，她只好作罢。所以就送，大家都忙，她就一家一家地送。今天去东边的大舅、小舅家，明天去西边的大姨家，再到北边小姨家——整个楚门都走遍了，有时，还送到隔壁乡龙溪的四姨家去。我们都夸她的菜好，玩笑说她的菜供应了整家人啊。她就一脸的满意和满足。

现在，我来接她，她自然要去拔菜，敦敦实实地装了一大袋。我说够了够了，她还是拼命拔。奇怪的是，满畦的菜似乎怎么拔也拔不完。最后装不下了，她才停。然后，她又热切地问："咸菜要不？菜头丝要不？我种的绿豆带一点去，我摘的野红豆带点去！——菜干菜干，刚晒的，前几日日头好，晒得喷香……""这么送，还吃不完？还腌咸菜？外婆，你太厉害了。"（后来才知道，她在别的地方还开了好几块地种番薯、绿豆什么的。）她不接话，像陀螺一样转起来，不停地找塑料袋，不停地装，献宝似的说："咸菜，我自己腌的，爽口得猛，你娘姨都来拿好几次了，你多带点；菜头丝吃吃好，开胃，带点；绿豆，我自己种咯，好的，带点带点；红豆，野生的，好物什啊，带点去；……"六七个塑料袋都塞得满满的，再一起挤进一条编织袋。我一拎，不由得龇牙：拎不动。可她还想装，我赶紧拦住，说："外婆，外婆，留点下次带，带带少些，我就多来几次呗。"她这才作罢。

在我家住了几天，忙过去了，她就要走，说是挂心她的菜，留也留不住，只好送她回去。

过了半年多，家里开始装修，不宜小孩住，婆婆来学校帮我带小孩。她又开始送菜，隔三岔五地。一次，我和她一前一后地上楼，我听见楼上隔壁同事的婆婆和我婆婆在闲聊，说："你家的菜几乎都没有虫咬过，小心是打了无数农药的。"婆婆说："那是我媳妇的外婆送的，应该不会……"同事婆婆哦哦几声，似乎还要说什么，我赶紧叫了声姆妈，她们停了，但外婆肯定是听见了，脸色有点难看，上楼放了菜就要走，儿子"阿太，阿太——"的叫声也没留住她。平时，她绝对要逗一下才回去——小孩刚会走路，好玩着呢。婆婆急忙跟着，有些补救似的说："宝贝，阿太的菜是最好的啊，宝贝喜欢吃，是不是？"儿子大大地"嗯"了一声，她笑了一下，还是走了，身影，在学校空旷的操场上显得特别矮小。此后，就基本不来了。为了安慰她，也为了自我安慰，换作我去她那里拿，当然拿的不只是菜。

一天，我去，门开着，人不在，叫了好多声没应答。我正要找二舅妈问，只见她戴着草帽，一手抓着一双筷子，一手提着篮子——里面自然是菜，从路上缓缓走来。

"外婆，你哪里走来啊？"

"我在后面捉菜虫，天暖起来了，虫也多起，不捉勿用咯，有些虫仔，还要用手扒才好用——”

“你……”

我瞪着眼前这个又瘦又小、八十多岁的老太太，嗓子眼堵着，一下子说不出话来。她抚养了八个子女；帮着带大了十多个孙辈，最大的表姐四十多岁，最小的表妹十多岁，我是她带得最久的一个；她还帮忙照看了五个曾孙，还有三个路太远顾不着，最大的读高中，小的也幼儿园了……哪家有事，她都是第一个去的，穿得体体面面地来，一进门，就换上做粗活的衣服开始洗涮做事。几十年里，她日渐衰老，气力减小、毛病不断，但是她仍用她的小菜坚持，像一头老牛一样，挤不出牛奶、犁不动地了，却仍犟着劳作。很多人羡慕她四代同堂、子孙孝顺的福气，而我却觉得有她才是我们后辈的福气。

她洗了手，转过身问我：“我面煮两根给你吃——菜恰拔来的，好否？”我说：“好。”

她又问：“菜还有吗？带点去？”我说：“好。”“菜头丝呢？……洋番薯，我刚捞（挖的意思）来的，掼（拿）点？接下来，好种豆了，你到时节……”我一直说好，因为实在不忍说不好、不要，尽管家里什么都没吃完。

回去时，她要送我，若以前，我一定说不必，但今天我说好。她帮我提着菜，我提着其他东西，搂着她，听她碎碎末末地讲着东家长西家短那些我并不熟知的人和事，看着她脸上泛着欢喜的光。

现在，我调到外地了，她叮嘱，要吃菜了，就过来。我说好，有空就去。

我带着儿子一起去。一老一小，一个拿菜刀，一个挎菜篮，小的指挥：“阿太，我要这株——这株——还有这株……”她拿刀——切下，有的菜小，就用手拔。小的调皮，常常跟着乱拔一气，她不住地叫：“哎呀——宝贝啊，把阿太的菜都糟蹋了！”小的不听，她就吓唬他："有虫虫，要咬手的。"边说边翻翻菜叶，谁知小的胆大，伸手要捉，结果吓着的是她，于是笑作一团。

有次去，她正在锄地，儿子拿了小锄头帮她，东一下、西一下，伤了不少菜苗。她心疼了，说："阿太的物什是要给你吃的……"我赶紧制止儿子的"胡作非为"，小家伙没法，装老成说："阿太，这生活我做不来，你好好做，你种的东西我帮你吃完。"她乐了，抿着嘴直笑，满头白发在阳光下散发着柔和的光，满脸皱纹舒展开像一棵芥菜。

临走时，我教儿子对她说："阿太，你要健健康康的，活到百把岁，好好种菜，我要吃到大的。"

她咧开嘴大笑，假牙都要掉出来了。——我明白，这是她的快乐所在！

味 道

看梁实秋的《雅舍谈吃》，突然想起母亲在灶台上的手艺，虽然日常却充满妈妈的味道。

玉环的带鱼饭闻名遐迩，也是我对母亲手艺的最早回忆。不过小的时候，捕到的像样一点的带鱼大多换钱去了，不像样的又煮不了，一年到头也吃不上一回。倒是南瓜饭、土豆饭、豆子饭之类的经常照面。烧这些饭，米浸泡过更好。南瓜、土豆、豆子都要先在热油里翻炒，再倒入米、料酒、盐和着炒，加水煮熟。咸滋滋里透着蔬菜的清香，好吃、好看。因此，母亲烧一次，心里就美滋滋一次，全然不知母亲凭这招不知道省了多少菜蔬开支。当然也可以烧菜饭，青菜、小黑菜、白菜都不是上选，包菜可以，焖烂了也不难吃；芥菜是常用的，尤其是二月二龙抬头，一定要吃的，说小孩吃了一年不长痱子、癞子。条件好些的，多放猪肉，就是猪肉饭了。还有“菜头饭”，玉环人喜欢把盘菜叫作“菜头或盘菜头”，切成厚薄均匀的一片一片煮饭也是不错的选择。

等我上了高中，带鱼饭才多次上了餐桌，后来又衍生了鲳鱼饭、鳗鱼干饭……煮鱼饭，鱼要先下锅，过油煎一点香味出来，放米，如果是鲜鱼，怕碎，就不能大力炒，用锅铲稍微翻几下，让米受味就可，腌过的结实些，可以多炒几下，然后加水，烧熟。带鱼饭现在成了玉环许多饭店的特色，但他们常常酱油浇得多，通红通红的，用的又是腌渍得过的鱼，味重上口却少了一点悠香回味，母亲不用酱油，却能凭料酒和盐烧出金黄色的饭。过年时蒸了糯米，加包菜、鳗鱼鲞丝、虾干、猪肉、香菇炒糯米饭。这些饭，我们统称“咸饭”，有咸饭自然有“甜饭”。在过年蒸的糯米饭里加一点猪油，白糖、红绿冬瓜糖炒起来，算是“一饭两吃”。再加红枣丝、葡萄干、核桃的，学名就叫“八宝饭”，不过我们叫咸的是“糯米饭”，甜的是“炊饭”。

光有饭，难免单调，咸了、干了，还容易口渴，就得配汤。母亲常煮的是南瓜汤和丝瓜汤，放上冰糖，前者香甜，后者清口入味，还败火。吃了十多年，去上大学，看见人家把南瓜、丝瓜当菜炒，反倒吓了一跳。

田地里稻子、麦子熟了，把米和麦子打成粉，就可以做点心了。米粉宜于做米糕，揉成团，左手托着，右手拿一根白线，嘴里咬着一头，手里拿着一头，在粉团上绕一圈，绞下去，出来薄薄的一片，一片一片依叠好。蒸熟出锅，香气随着蒸汽弥漫，米糕带着晶莹的光亮，像菊花一样重重瓣瓣地绽放。整个行为充满艺术感，我喜欢这过程远远大于它的味道。在粉里揉入泡好的豇豆、红豆、绿豆，用刀切成片，蒸成就是豇豆糕、红豆糕和绿豆糕了。在小学时，如果家里有粉，我就在烧饭时抓一把，偷偷做个三五片，在父亲、母亲回来之前吃掉，是一种难以言喻的快乐满足。

番薯熟了，做成山粉，山粉可以做山粉糊，放一点红枣丝，加白糖清爽可口，后来加的东西多了，有红枣、葡萄干、莲子、芝麻、桂圆肉、搓成珍珠大小的糯米丸子等等，满碗物什琳琅满目，好像小家小户变成了大家豪门的做派。也可以做山粉羹，加胡萝卜丁、青菜、肉末、豆腐干（或豆腐）丁，咸滋滋的，类似台州北地的糟羹。不过玉环人喜甜，满大街的山粉糊，山粉羹却不多。用山粉加水调成粉糊，在鏊盘上像摊锡饼一样做成一张一张，再用刀切成拇指粗细的条，就是山粉条了。可以当面煮，也可以在煮面煮糕时加一点，滑溜溜、韧嚼嚼的，另有味道，把番薯切条做菜炒入，放鱼、虾、肉，就是盛装演出。有一次朋友吹嘘玉环城里有一家面馆的特色面很好吃，去了一看，不就是母亲的番薯、山粉条煮面嘛。

番薯刨成丝，晒干打成粉，和温水揉好，撮一团用手一握，出来半个蚕豆壳形状，卧放着，蒸熟，颜色变成紫黑，看去就像一只“小老鼠”，我们叫它“番丝老鼠”。乡下家家番薯丝最多，这东西小时候吃得都不想吃了，现在不知多少玉环饭店尤其是农家乐拿它当招牌吹。

轮到麦粉，用途就更广了。做大咧咧的麦虾羹（临海叫麦虾），细长秀气的麦条（麦虾的弟弟，把粉团擀成一公分左右厚薄的大粉饼，分块切片，再切成三四毫米宽、十几二十公分长的条），煮的时候都加蒲瓜、鲜虾和鸡蛋丝，鲜得咬掉舌头。

而最常见的就是锡饼，除夕、元宵、清明、端午、七月半、中秋、十月半、冬至，每个节日都必做，做法大约同台州一样，不同的是我们炒米面、炒豆面、蔬菜、肉、鱼、虾、蟹的什么都往里面包，当然千万不要以为不去刺、不去壳，否则你还真是呆大（傻瓜）了。也不要觉得内容重复、繁杂，玉环人就是这样的吃法。和锡饼同时节的，还可以做麦饼。把艾草煮熟、捣烂，揉入一定比例的糯米粉和麦粉中，用碌子滚成锅盖大小薄薄的一张饼皮，放鏊盘上煎熟，艾香裹着油香，包上馅，和锡饼一样的吃法，却是两样的味道。

最不常见的是麦撮，到现在我也只吃过一次，在大大小小的饭店里也没见着，而唯一的一次也是沾了爷爷的光。高中时，有次爷爷感冒了，胃口不好，恹恹的几顿没吃。母亲烧了白粥，粥里有一片片半个拇指大小的麦疙瘩一样的东西，说是“麦撮”，麦子和米汤交融出一种浑然天成的诱人清香，爷爷一下子吃了两碗。而我争取到一碗，却只捞到一块“麦撮”，但吃完后，带着米香的麦子味好像一直在舌齿间回荡。

还有一种“麦糕”，用掺了麦麸的麦粉做，不发酵，揉好压平，切成一块一块巴掌大的菱形，蒸熟了是实打实的嚼头，和猪脚煨黄豆汤一起吃最好。

母亲还擅长做麻糍。我后来在别处见过人家做麻糍的排场，真不知她是如何在那小小的灶台上做出来的。小学一次游学雁荡，一路坐车坐船的，别人父母给的是钱，带的是饼干、水果。她给我装了一饭盒的麻糍，饭盒一角装了一些咸菜。

天有些阴，航船慢悠悠地漂在海天茫茫之间，时间混沌了，我不能记起别的人在干些什么，只记得自己边翻看着一本不知是谁的没了封面的小说，边就着咸菜吃麻糍。沾了松花粉的麻糍有一种朴实的清香和本真的清甜，夹带着咸菜的酸爽，一口一口满是滋味，海天之间似乎就剩我独个逍遥江湖了。

初二上学期，学校组织去挖河泥，开运动会，午饭自带。母亲又准备了麻糍、咸菜。早上挖了河泥，下午才开运动会。同学家近的去家里吃饭，家远的三三两两吃汤糕、汤面去了，天下着细雨，我似乎无处可去，一个同学家刚好在办运动会的场地附近，父母不在，她要烧饭，就招呼我去她家。我坐在她家灶前，一边帮她烧火，一边吃麻糍。她放好米、水，坐在板凳上和我有一搭没一搭地谈天，她没有叫我在她家吃点饭，而我竟也没有想到请她吃麻糍。饭快熟时，有同学来了，我早已吃完，就谢了她，和那同学先走了。后来，家里条件允许，我出门时，母亲给我准备的就是钱。

最后一次关于麻糍的记忆是高一，家已从山上搬到了山下。快过年了，外婆来我家，准备和母亲一起蒸发糕（我们叫糕干胚)。蒸发糕，是有许多禁忌的，比如不能说“熟了没有”之类的话，说了，发糕就再也蒸不熟了。外婆再三再四地叮嘱我们，我和妹妹一开始真的老老实实地等。从早上快到中午了，却不见熟，妹妹忍不住嘀咕了一句：“怎么还不熟?”外婆一听就连忙呵斥，可已经晚了，她赶紧双手合十，嘴里喃喃地不知念些什么。又等了一会，蒸汽腾腾、香气四溢，我以为好了，不由自主地问了一句：“外婆，这下可以吃了吧?”她苦着脸瞪了我一眼，说：“叫你们不能讲的，又讲?”母亲哭笑不得地说：“再等等吧。”我和妹妹都对外婆的禁忌不以为然，都认为哪有那么神奇古怪，一开了头，见母亲没骂，就刹不住地讲开了。“外婆，都这么慢吗?”“老是熟不了，怎么办?”……外婆气得捶胸顿足，我们只觉好玩。结果，发糕从早上到了中午，都不知道多少时间了，母亲柴片塞了一块又一块，就是不见熟。我们才紧张起来，相互看着不敢再吱声。

到了午饭时间，母亲叹了口气说，算了，做麻糍吧。外婆无奈地同意，作势要打我们说：“都是你们两个小猢狲，叫你们不能讲不能讲，就这么忍不住?”

“外婆，真的这么神奇吗?”“你以为我骗你小人?”外婆生气，又转头瞪着母亲和父亲说：“当骂不骂，不该骂时拼命骂，有你们这样当娘和爸的呀?”可话没说完，她自己就笑了，发糕吃不成了，蒸得九成九熟了的粉倒在大木桶里，父亲又揉又捶地弄成一团，分成两半，一半一半地在桌上用擀杖滚压成同桌一样大小的一张面皮，一公分左右厚，撒上松花粉，用刀切成巴掌大的一片，就可以直接吃了。母亲又炒了咸菜，麻糍就咸菜是这一天迟到的午饭，竟然出奇的香。现在那样酸爽的咸菜和香甜的麻糍只存在记忆里了。

高中后，家里稍稍宽裕了些，加上我们在楚门上学，半个月一个月才能回来一次，母亲就变着花样地做吃。她把圆子搓成汤圆大小，里面不填馅，直接投入菜汤里烧开。盛出来，圆子在碧绿的菜叶中间时隐时现，莹白可爱，我俩当时还玩笑说：“万绿丛中一点白”，比之正宗汤圆，别有风味。母亲说这是菜圆。她还做山粉圆，用蒸熟的番薯和着山粉揉成，捏成窝窝状，填上炒好的馅，封口包回，蒸熟吃。馅一般为肉末、胡萝卜丁、豆腐干丁、香菇丁、鳗鲞丁等。吃山粉圆，需要汤搭配，于是就煮绿豆面羹，常加的是虾干、香菇、盘菜、大蒜、猪肉丝、鳗鲞，如料中有和山粉圆的馅冲突的，则可以适当增减，烧出的味道醇厚。清明时，做青团。煮熟、捣烂的艾草揉入面粉，馅是豇豆沙，在高压锅里煮烂熟，压成豆沙，加红糖和薄荷拌起来，味道不比卖的差。如果是要咸的，馅就和山粉圆差不多。过年，常吃的是糖炒圆，把不加馅的素圆，在油中炒，加白糖、红绿冬瓜糖，真是滴着油，滴着蜜甜啊。

温岭、玉环的嵌糕都是有名的。母亲也做，把粉揉好，做成麦缸。麦缸有两种样子，一种是窝窝头，一种是拍成空心圆柱状，蒸时圆柱放中间，外围窝窝一个一个摆上。蒸熟了，窝窝头可直接填入馅吃，叫“麦缸”；也有准备被揉圆拍扁，做成嵌糕。自己动手的嵌糕，样子着实没有专业的好看，也没有那种糯劲，但要的就是一个过程，这时的馅，叫作“嵌头”，炒米面必不可少，洋葱、香菇炒肉、胡萝卜丝、盘菜丁、包菜等等，随你喜欢。不过这糕还有一种吃法，来一份黄鱼汤，鱼肉可以嵌糕，鱼汤可以蘸糕，也就成了另一道名菜：黄鱼蘸糕。没有黄鱼，鳓鱼、鲳鱼也可，不过带鱼不适合，味道冲了一点。

母亲的炒面是典型的玉环人炒面，鳗鲞丝、绿豆芽、芹菜、鸡蛋丝、香菇、大蒜、葱、香菇、包菜，放胡萝卜丝，一色的油光发亮，香气诱人。有炒面，自然有汤面。去玉环人家里，主人不上茶点，千万别误会他小气没礼节，他定是去煮“接力”了（“接力”里浇料的好坏方能看出主人待客的诚意），这接力常是

“三鲜汤面”，其实远不止三鲜，里面有肉，有鱼，有虾，有蛋，有香菇、青菜等等。母亲喜欢放鲳鱼、虾、鳗干、香菇、肉片、鸡蛋丝、青菜，加葱，当然鲳鱼也可以换成带鱼、小黄鱼什么的，也有鱿鱼或章鱼、青蟹、田蟹都可以加，宗旨是一个“鲜”。若没有鲜鱼鲜虾，就放鱼鲞、鳗鲞、虾干、弹乌干（跳跳鱼干）、花菜、香菇，加蛋，汤里放姜片，变成“姜汤面”，又是另一种味道。简单些，可以做一个“咸菜水潺面”，绝对开胃。有一年去杭州培训，看见一家面馆上写有三鲜面，点来捞了半天，只有青菜、笋片和肉片。

母亲煮面总说“长寿面”，“糕”是“千岁糕”，糕自然也可炒可汤，炒糕可以用红糖、白糖、鸡蛋炒，就是红糖炒糕、糖炒糕、鸡蛋炒糕。别人的鸡蛋炒糕是糕炒得差不多了加先准备好的炒鸡蛋丝，母亲是直接把鸡蛋打入锅，鸡蛋和糕纠缠在一起，再放一点包菜丝，虽然卖相不能百分百，但舌尖就有一股不明不白的妩媚在缠绕，挥之不去。也可以加虾干、肉丝、鳗干等等，不过菜一定要包菜才好吃。汤糕的佐料其实和汤面差不多，但是如果除海鲜外，只放青菜，然后多切一些大段的大蒜，那香味，几十米外都可以清晰捕捉到。即使是糕、面，她也喜欢变着烧，绝不浪费这么多种味道。有几次我在小区里闻到，兜转了六七幢房子寻到，在那楼下站了好一会：那人家肯定也是玉环来的。

母亲还很喜欢做炖品，玉环人的炖品是作补品吃的。最早她炖鸡，自家养的公鸡（我们叫“雄鸡头”），从小鸡仔养成肥胖的“雄鸡头”，挑下秋高气爽的日子宰杀了，加红枣、黑枣、桂圆、荔枝、西洋参、枸杞、姜片，还可放杜仲或天麻等等，满满一锅，烧得肉嫩汤鲜，是全家一年中难得的大日子。没有公鸡，杀一只母鸡，肚子里经常还有已成形了的鸡蛋。当然，鸭子也可以这么烧，秋天吃是最好不过，也可以烧成咸的，放生姜、八角、茴香、葱蒜的，先吃肉，留下汤，煮面就是鸡汁面或老鸭面了，面是米面最好，入味。

鸡鸭是不能常常吃到的，母亲就糯米粉做成比一元硬币稍大的团子，在猪油里煎滚，倒入黄酒、放入红糖做“酒九圆”，也是好吃又滋补。有酒性的，不加水，全部用黄酒炖，一出锅甚至能把不会喝酒的我熏晕过去。

后来日子渐渐宽裕，母亲就做炖三宝。掏了鸽子的内脏，塞入参片、红枣，再把鸽子和枸杞、黑枣、核桃、桂圆、荔枝、猪肉等一起塞到猪肚里，然后加水、酒、生姜、冰糖，整个放在高压锅里火烧。筷子能轻松插进猪肚就可以了，拿出来，可以切开吃，也可以挖宝一样，从里面一点点掘出来吃，吃空了，再切了猪肚吃。炖猪的腰肾肉，也是整条放下去，完全是海边人的粗犷做法，不过母亲还喜欢在里面放上一两个鸡蛋。猪心，母亲也喜欢整个炖，就加了红枣、黄酒、生姜、红糖，直叫甜到心窝里。有一次，在椒江的饭店和亲戚一起吃饭，他在厨房盯了半小时，抢到一盘招牌菜，得意扬扬地说：“我晚一分钟就没了。”上来一看，就是红枣炖猪心嘛，不过，切成了片而已，竟然这么红火，真是没想到。

但是现在不说城里就连乡下，锅灶也越来越少，母亲也越来越老了，她的手艺我尚未完全学会，只怕有一天再也吃不到这灶台的风味了。我跟她说我要抓紧学，等她老了，再做给她吃。

第四辑

摘一份乡思

最美的姑娘

我和玲子的相同在于她妈和我妈生的都是女儿，她妈三个，我妈两个。

但小时候，我很羡慕玲子，她爸是孤儿，虽然被她爷爷收养，但爷爷奶奶早已去世，也没有兄弟姐妹，她不必受堂兄弟姐妹的挤对。她母亲因为身体的原因，累活重活是不能干的，除了偶尔在家织网绣花，就是做家务，玲子她们姐妹就不需要干什么家务了。她父亲是退伍军人，照看着村里唯一的碾米厂，收入足可以维持全家生活。而且那时她外婆家有个台湾亲戚刚寻亲寻到他们，很愿意帮衬、接济穷亲戚。因此玲子家的日子比起许多人家从容、宽裕多了。最主要的是她妈厉害，只要有人欺负了她们姐妹，她可以骂得人家三天不敢出门。我妈就不行，被婶婶们明里暗里地戳着骂“绝后代”时要么装聋作哑，要么就偷偷地哭，我们被别人辱骂了还不许我们吵架，即使吵赢了，人家上门告状她不问是非曲直就先训斥我一番，没意思透了。

玲子漂亮，皮肤很白，没有一点瑕疵，一双大眼睛水汪汪的，会唱歌，鼻梁又高又挺，上嘴唇薄，下嘴唇有点厚，可是微微上翘的嘴角让人觉得她永远带笑。真的笑了，两个浅浅的酒窝一旋，人就醉了。她有时也穿她姐的旧衣服，可怎么穿怎么好看，就是大红配大绿，她也能穿出别样的味道。我想“天生丽质难自弃”说的就是她那样的。她还能干，我们村里女孩子会织网是不奇怪的，她织得又快又好，竟然还会一点绣花，这在同龄人里可不多见。所以毫无疑义地，玲子是大家公认最美丽、最聪慧的小姑娘。

一次我去她家，看她穿着红色的衣服坐在她又矮又胖的母亲身边，捏着梭子安静地织网。看到我来，她站起来，嫣然一笑，像简陋的屋子突然开出的一朵玫瑰。这笑，令窗外的阳光都失色，我突然明白为什么童话里王子看到站在荆棘丛中穿着粗布衣服的姑娘时竟然毫不犹豫地求婚了——那是怎样的一场惊艳。

我想我被折服了，常常跟着她一块上学、放学，虽然她是妹妹的同学，但是我和她走得很近。她家在山顶最高处，我家是半山腰最后一户人家，有一段时间为了和她亲近，我都从上大路送她到家，再沿着岭子向下回家。但是，我们走在一起，老被别人拿来比较，时间一久，我的自卑心就来了，不再愿意和她出双入对。

我初三时，她和妹妹初二，学校要夜自修，但是没有宿舍，我们一起租了一间房子一张大床挤着住。房租好像是十三块半，是三个人一起还是我和妹妹两个一起，不大清楚了。我和妹妹都倔，经常起争执，她就笑眯眯地来当和事佬，慢条斯理的样子让人一下子没了火气。妹妹成绩很好，她也不差，但两个人从来也不比较，不懂的相互问问，很是和睦，好久房东都以为她们才是亲姐妹。我因为数学不好，总体成绩忽上忽下很不稳定，情绪有时也坏，妹妹会恼我发神经，她却不声不响地，有时帮我倒点开水，有时就静静走开，把房间让给我。

我们开玩笑说上高中后还住一块，这样的室友不好找。但等我毕业，我们村里响应高山移民政策，很多人搬到山下盖房居住，等玲子毕业时，村里已经空了一大半，碾米厂就停工，她父亲算是失业了。家里的日子大概一下就困顿起来，虽然她父亲决定出去帮人家捕鱼，但她母亲死活不让她再念书了。她的台湾亲戚说出钱让她去念个文秘什么的以后到他公司上班，她也不答应。她逼玲子去帮隔壁镇上一个大玲子十多岁的后生卖海货，800 元一个月。

20 年前，我们一学期的学费是 51 元，老师的工资大概也就一两百块，这 800 元钱是什么概念！16 岁的玲子去了，18 岁时，她为那个男人生下了一个女儿，等到年龄合法，就草草地结了婚，后来又生了一个儿子。不过据说，丈夫对她还是不错的，并没有什么电视剧里的打老婆剧情。

但是她姐姐遗传了她母亲的病，二十多岁就开始手脚不能自如行动，左手贴着身体，手掌向后翻转，年纪越大越不能动，左腿走路也是拖着的，小时看不出，大了就像个瘸子。她舅舅也是这样的，穿衣服经常不能穿袖子，看上去就像电视里演的独臂大侠把手臂绑在身子上一样。她母亲更严重，近乎半瘫，生活不能自理。她的妹妹初中没毕业就跑出去学唱戏了，成年后几乎没有回过家。

她的父亲，这个曾是村里最英俊的后生的男人，在失去碾米的工作后，家里的日子就失去了以前的从容，不得不开始忍受玲子母亲接下来几十年无休无止的谩骂。长得像他、性格也像他的玲子是这个沉默而勤劳的男人唯一的安慰。我无处知晓他如何面对让玲子辍学的决定，总之玲子最后还是去了，只是听父亲说他的话越来越少，烟瘾、酒瘾大得吓人。

我在读大学一次回家时和他打过照面，他低着头，拎着一袋豆腐、一块肉，慢悠悠地走。我叫他，他抬头应了一下，笑起来——有些人不管年纪多大、不管经历过什么，似乎都能保持一种年轻时的美，也许这就叫天生的气质，他有，玲子也有。

可是这笑里，抽搐着无边的落寞、空虚、无奈、迷茫，甚至麻木。他应着你，可是眼神却不知道落在什么地方。我把询问玲子的话咽了回去，看着他提着一白一黄的两个塑料袋，低着头慢慢地走开。

这个男人，后来患了肝腹水，被病痛折磨了好些年。家里三个病人，虽然有亲戚的帮助，有低保，也是不堪重负的。玲子的父亲有钱就去看病，没钱就熬着，但是烟和酒却不曾停过。他别的似乎并不倔强，独在这事上不听任何人的话。玲子的母亲脾气越发坏，用最恶毒的话咒骂他也没有用。他有时听着，一边听一边抽烟，有时躲出去喝酒，抽完、喝完，回家烧饭炒菜，继续为玲子她妈端屎端尿。

“屋漏偏逢连夜雨”，这样的家，玲子的婆婆受不了，她对玲子老公说这样的家庭要拖累我们的，离了吧。离了婚的玲子，什么也没拿到，带着女儿回到娘家，儿子判给了丈夫。

而她的父亲，瘦成一把骨头，六十岁光景就走了。在弥留的时候，骂了他一辈子的玲子母亲哭昏了。可是村里很多人并不同情她，说是别人都烧香求平安长寿，她却把自己的老公生生诅咒死了。

玲子再嫁了，也为姐姐找了一个讨海的丈夫，虽然穷些、年纪偏大，但憨厚老实、手脚勤快，似乎也很满足自己终于有了家，对玲子母亲和姐姐都不错。但是她的新丈夫，好好地办着小厂，却入了别人的圈套，欠了一大笔赌债，只好跑路，玲子又住回娘家的小屋子。所幸她女儿乖巧、懂事，读高中住校，并不需要她费心。她就一边替姐姐带孩子、照料着母亲，一边做保险，日子磕磕绊绊地也慢慢过下来。她的母亲，脾气依然坏，每日的事情除了骂就是骂，骂玲子、骂大女婿、骂死去的玲子父亲，似乎谁对她好谁就得挨她的骂。村里有人看不过，说终有一天，她会尝到自己的罪孽的。玲子却永远谦和地笑着，温温婉婉地说话。去年，我在街上远远地看到她，稍稍胖了些，有了点少妇的丰腴，但是眼角眉梢的美丽并没有稍减半分，我知道这是天生的气质，想学也学不来的，甚至许多人就是穷其一生也未必追求得到的。但是她没看到我，上车走了。

寡 妇

兰阿婆的脸一直肿着，眼皮红得发黑，眼睛本来就不大，现在更只剩下一条缝，眼袋重重地垂着，就像两个大核桃嵌在脸上。嘴巴似乎更大了，两边嘴角都带了一点白沫，嘴唇又厚又黑地向外翻起，龇出里面镶着的银牙，亮闪闪的，好像也挂着眼泪。

谁也没有料到活跳跳出海的阿公，回来却是一具冰冷僵硬的尸体。好多天过去了，他们家里都不时传出号啕声，有时轻，有时重，有时长，有时短，有时放开，有时压抑，有时大人小孩一起，有时一个大人，有时是边哭边诉，有时只是沙哑的干号……那时候，觉得他们家房子的每一块石头都是在颤抖的。

“七”做完了，兰阿婆头上别着棉线做的白花，带着四个孩子出现在人们的视野。她的眼睛、鼻子都是又红又肿，张着嘴，嘴角的白沫好像永远都擦不干净，一副随时都会哭出来的样子。别人叫她，她的眼睛不能对焦，只是抽动几下鼻子，用沙哑低沉的声音茫然地应答。嘴里的银牙一闪，好像要掉下来，可又被厚厚的嘴唇抖抖索索地包回去，看得谁都忍不住鼻子发酸。

母亲几乎日日去陪伴、开导，说为了孩子无论如何也要熬过去。兰阿婆有两个女儿，大的有十八九岁了，已经订婚，小的也有十四五，在乡下都算成年，两个儿子，大的读四年级，小的和我同岁，读书却比我晚一年，而她自己四十不到。后山人总觉得年纪大了的无所谓寡妇不寡妇，年纪轻轻的才算，因此很少有人在她面前讲起阿公，她自己也不大提。

一次，不知为什么，她在家打小儿子，他凄凄惨惨地号叫："阿爸呀——，姆妈要打死我了——"她瘫坐在锅灶边的地上，边哭边用手拍地，说："天诛的啊——你个天诛的，把我也带走好了……"很多人进去劝，我站在后面，看到她满脸眼泪、鼻涕，一把一把地用手抹开，擦在裤子上……等哭过了，站起来，拍拍灰，吸着鼻子做饭。人们散了，她的小儿子早在院子里和别家的小孩打闹了。

有几次，她和人家有点小摩擦，无非就是谁家的鸡鸭啄了谁家的葱菜之类，她就坐在院子里的石头上哭天抢地，戚戚哀哀地哭唱："天诛的啊——你怎么忒么早就死了，你到西方么好享受，剩落下我们孤儿寡母么——别人欺哎——哎——，我的日子怎生得过啊——天无眼啊！这些人的良心么——被狗吃了，欺负我们孤儿寡母么，小心也要遭天诛……"开始，她的儿女们会出来，围着她跪作一团，哭成一片，邻里也来慰劝。然后她在众人的搀扶下，软着身子进屋。三番五次后，她的儿女开始只是出来拉扯她回屋，她就逮着一起骂；久了，不说别人不理了，她的儿女也就在屋里看看，该干吗干吗，看她差不多了，就叫她起来吃饭。她似乎大戏落幕，一脸疲累地起来，进去吃饭。第二天，碰见她，脸肿眼红，却能对人笑。我们故意当面学她昨天的样子，她就笑，也不生气。只是，以后的几十年里，她的脸似乎都是肿的，眼似乎都是红的。

几年后。一天早上，我上学经过兰阿婆家，突然看见一个男人从她家出来，叉着腰，拿着搪瓷牙杯，站在门口的石头上咕噜咕噜地漱口。

母亲说那是兰阿婆的新男人，是隔壁村的一个光棍——碰见记得叫阿公。去她家，我老老实实地叫“阿公”，男人有些不好意思地应了，兰阿婆在边上红了脸，有一丝羞涩的欢喜。我跟着也莫名地高兴。

但是也有人笑她“守不住了”，当然原话是加了性器官的，她又哭又骂，说寡妇想男人天经地义，又不是有老公还偷吃。

不久，我家就搬到山下去了，然后我初中、高中一直住校，好些年没见过她，也没想起她来。只听说她大女儿嫁了，二女儿去学唱戏了（我还曾在戏台上看过她跑龙套），大儿子小学毕业辍学，二儿子小学没读完，就跟人混混去了。

大学的一年寒假，我跟父母回后山看爷爷奶奶，碰见她正和一个男人说话。母亲让我叫阿公，他笑眯眯地应着。那是个长相周正的男人，个儿不高，却挺壮实的，人也很和气——这是兰阿婆的第三个男人。第一个，过了两三年，不知道为什么被兰阿婆赶走了，隔了一两年，她又招了一个，但没几年，那男人自己走了，这个是隔壁县的，也不知道能待几年。

我有些诧异，离婚、结婚可以这样随便。父亲说，什么结婚不结婚，拼凑着过日子的。我不声响了，在乡下，娶不到老婆的男人上门给寡妇做老公的比比皆是，一般也都是好聚好散的。

不过，这个男人似乎不一样，他们一过就十五六年。据说兰阿婆发起脾气也曾赶过他几次，但是最后又都回来了，就像两口子吵到天翻地覆时闹离婚一样。他们一起笑着看着兰阿婆的两个女儿结婚、生子，看着她的大儿子学了手艺，在镇上的工厂里当师傅，也哭着看她的小儿子打架进监狱，出来后继续混江湖的日子。

山上的人家越走越多，只剩下他们两个和另外一对婆媳。他们的房子背靠路边，右边是一条干涸的小溪，原来和恩松阿公兄弟的房子连在一块，后来恩松阿公兄弟的儿子们要在山下盖新屋，就拆了老屋——整座房子就塌了半边，剩下他们的两间勉强支撑。交界的墙裸露着，下半边是石头，马马虎虎地垒着，上半边用竹篾席遮挡，风雨侵蚀，篾席的竹条断裂、腐烂。靠近屋顶的大梁和椽条窜出了瓦片的覆盖，和篾席交界的地方，露出大大小小黑乎乎的几个洞，仿佛来一阵风、一场雨，这篾席就会被摧枯拉朽一般地整片扯下，把主人的掩藏的日子的秘密都暴露出来。二楼狭小的窗户，用木条封死，蒙着的塑料布已经破碎，在春风里簌簌作响，底楼的窗子已变形，手指粗的陈旧的圆木条挣扎着夹着几块脏玻璃。木门虚虚掩着，一开就可能是一个黝黑悲哀的伤口。在一片草木葱茏里，房子本身也成了阳光下一道消不去的伤疤。

唯一的亮色是阿公的那辆残疾车，像一块天蓝抹在灰布上——这是他们的主要收入。

屋后水井的坡上，我家荒弃的地里，被他们种满了蔬菜。这是他们的菜园，但父亲母亲隔三岔五地就会收到他们的青菜、豆子什么的，不要也不行，阿公说这是“地租”。

我回去，经常看到他们一个在锄地种菜，一个在收拾院子，笑着和我们打招呼。走的时候，塞我们一袋菜，如同对远客的回赠。每次回头，我都看见兰阿婆拖着不大方便的右腿和站得笔直的阿公一起在路上向我们挥手作别。

兰阿婆的腿，因为风湿，因为摔断过，有点瘸，加上她矮胖的身姿，走起路来就像一只摇摆的鸭子。不知道她城里来的大儿媳妇是不是因此才不喜欢她。

她自己拿出积蓄。帮大儿子筹钱在山下盖了新屋，准备娶媳妇了。她怕媳妇嫌弃她和阿公的关系，发狠把阿公赶回去。可新屋还没住上两天，儿媳妇一进门就让她回山上去，说她嘴碎话多、邋里邋遢、名声不好、男人换一个又一个等等。最后甚至说什么有我无她，有她就无我。她看着有了身孕的媳妇和一声不吭的儿子，抹着眼泪回去。等生了孙子，她巴巴地贴着媳妇，帮忙照顾月子和孩子。可月子刚满，媳妇回了娘家，把家门一锁，告诫自己老公说，如果他妈住进来，就离婚。儿子一把年纪才讨了一个老婆，心里虽然愧疚，却强不过老婆，只好哄着兰阿婆再回去，而他工资又全部上缴，想补贴一下兰阿婆也不大可能。

那天，我刚好从海边回来，经过上山的路口，看见兰阿婆一个人拎着一个灰扑扑的袋子，拖着一只脚朝山上走去，佝偻的背影隐在树林里像一个游魂。回到家，母亲说她刚在我家哭过一场，才回山上老屋去。所幸，阿公知道后，就回来了。可这事之后，兰阿婆的脸上常常无端地显出一份凄惶，眼睛和鼻子就一直红红的。他们还种菜，阿公仍开着残疾车挣钱，兰阿婆不时到山下小厂要些手工做做。我和母亲在菜场碰见她几次，她怔怔地站在一个角落，不知看向哪里。有时我叫她也没有反应，母亲指指菜场后的一排新屋，悄声对我说她儿子的房子就在那里。但她一发现有人看她，就发窘，然后当作自己无意站着一样和人家寒暄几句，很快离开。

在她孙子两岁多时，一直不大在家的儿媳妇干脆带着孩子走了，住在娘家再也不回来。兰阿婆的儿子去找过几次，没有用，后来干脆说分手好了。他们根本没有领证，只是办了一场酒席，她不回来，兰阿婆和她儿子没有一点办法，就是以前她拿走的那些钱也要不回来，最后只好不了了之。村里人都说这个结局一点也不意外，那个孙子，长得不像爹不像妈的，谁知道那个女人是不是只来借一个名声呢。

儿子没了女人，花钱开始无度，兰阿婆就去邻村的养老院当帮工，烧饭、打扫卫生，收入还不错，而且现在还可以住儿子的新屋了。但是阿公又回去了，大约觉得不是自己亲生的儿子，长期住着要让兰阿婆为难，就回去住在他兄弟家里，侄子们对他还不坏。这些年开残疾车，攒了几万块钱，兰阿婆在盖新屋、娶媳妇的时候都没要他的钱，他的日子相对悠闲，有时候也会过来看看兰阿婆，住上一两天再走。兰阿婆似乎也很满足。可大半年后，兰阿婆那个神龙见首不见尾的二儿子，突然把自己的孩子送回来让兰阿婆带，自己和老婆又跑没影了。兰阿婆不得已辞了养老院的工作，和孙子靠着村里养老保险的一点钱过日子。

“不过六十几岁了，我终于是有了自己的孙子!”她红着眼、红着鼻子对我母亲说。

独自的人家

后山人的多是两层的石头房，在石头路左边长长的山岭上挤成一片。只有一户人家，孤零零地在路的右边，离路有五六米，是一座一层的小房子。

我从没有去过这户人家，我不清楚他家到底是一个还是两个小孩，只知道他家的女儿比我们小好些岁。参天合围的大树把它裹在里面，使它像生长在森林深处的幽暗蘑菇。没有粉刷的墙，一块块石头铁青着脸叠在一起，铁青是石头真实的颜色。墙面的黑瓦、墙脚的青苔，都泛着一种沉淀了寂寞、苦闷的神色，隐在树荫里，阳光也照亮不了它们。屋子边上是菜地，绿油油的有些鲜活，菜地靠山的一角有一个小小的水潭，清冽冽透着一股冷意。因着这水潭，他们从不到下面的水井打水，潭边架了一块被青苔和时光染暗的石板，用以洗菜、洗衣服。每次路过，我都会好奇地伸长脖子张望，看得最多的是他家奶奶穿着青灰的斜襟衣服在忙着洗刷，有时还背着一个小娃娃。唯一一次见过女主人，也只是个背影，绾着头发，穿着红衣服在晒衣服，像个新娘子，看起来苗条、年轻。但我们都听说她骂起人来很凶，因此不只是我，后山所有的小孩都不敢踏入她的地盘，就连她本家的孩子也不敢。

那时，她大概刚嫁过来才几年。据说原来是县城里的人，家境不错。她嫂子是男人的姐姐。男人从年轻时就开始行骗，在一次出狱后，到她家边上找了一份工作，就借住在她家，不知怎么的两个人就好上了。家里不同意，拼命反对，她却毅然地跟着男人来到了这个海角山旮旯来。喜宴刚刚结束，还没洞房呢，她气疯了的父亲，跑到派出所报案。因为不能干涉婚姻自由，她父亲就说她不到法定结婚年龄，结果派出所把他们都叫了过去，给她上了节育环。为此，她与家里断了来往，孩子出生后，也没有再回去看一眼父母。

男人高大英俊，能说会道，皮鞋锃亮，西装革履，拎着个公文包，很有派头和气势，就是我们的老师也从来没有这么穿过——后山的男人都习惯一身方便干活的打扮。我家屋后的邻居是他本家，有一次来我家和父亲说起他，说："昨晚他又想赌钱，我问他输了有钱还吗，他拍着皮包说大话，说包里全是钞票。我激他打开看看，不是草纸，我头摘下来给你。他不敢，灰溜溜地走了。"父亲直摇头。他本家叹息说："好好的后生，老婆也讨了，不好好过日子，专门想着挣没脚的铜钿，以后叫家里人怎么办呀。"这事我印象很深。

再长大一点，我明白了他是个骗子——职业骗子。女人发现华丽包装下的真相时，闹得很厉害。但哭过、吵过、打过、闹过，孩子也有了，日子只好继续过下来。她的婆婆虽也是个惹不得的人，据说守了半辈子寡，儿子不成器，好不容易有了个像模像样的媳妇，却是很宝贝的。很多时候，她们看上去不像婆媳，更像母女，但她们很少与村里人来往。不管是不是刻意，总让人觉得她们的日子有些凄清。

她男人的钱不明不白，来得快，去得也快，骗多少，赌多少，也不曾拿几个养家。老人说，夜路走多了，也会碰着鬼的。钱的主人总会找到他，于是他就反复进去，短则几个月，长则几年。出来在家也待不久，又出去混生不混熟地继续骗。遇到这样的男人，不知道她有无后悔过。

我第一次正面看见女人：白皙的鹅蛋脸，柳眉杏目，身量娇小，是后山最漂亮的媳妇了，讲话细慢，但脸上有一种难掩的疲惫和愁苦。后来，渐渐声高气粗，人还那人，气势锐利起来，敢争敢闹，很泼辣，不吃亏。男人在外度过的时间很多，而他们竟然没有离婚。她照顾婆婆，抚养孩子，从一个什么也不会、被家人宠着疼着的娇弱姑娘成了一个村里人谁也不敢轻视的女人。现在大女儿嫁在邻村，小女儿在县城医院当护士。

一次，我随父亲回山上老屋摘广柑时见到了她，白发有了，皱纹也有了，但并不显得如何苍老，衣服陈旧但整洁。大约山上难得有人来，她很高兴，热情地招呼我们，爽爽朗朗地大声笑着，但热烈的语气中夹着干脆、强硬，手势有力。她婆婆似乎几十年都这个样子，朗朗健健地料理家务，做些穿珠子、套圈的手工活。

她们以前的房子早已倒塌，现在住的是五千元买来的，是后山以前也是现存最好的房子，原来的屋主早已搬走。从前，他们家里是孤零零地在半腰，隐在树丛里；现在，所有人家都在山下建了新屋，只有她们一家还住在山上。有时在工厂里上夜班到八九点钟，就一个人打着手电筒摸回山上去。

不见她家男人，父亲悄悄告诉我，前些年在别处，认识了一个女老板，把人家迷得颠三倒四，捞了不少钱，结果穿帮了，被人家告得坐了好几年。在牢里认识了一个人，出来对他家人说，可以帮他减刑，又讹了些钱，事情没办成，人家起了疑心，正四处找他呢，他又不知跑哪里去了，躲了好些日子。现在不知道什么事情又进去了，这次不知又要几年。我看着两个女人忙碌的身影不胜唏嘘。

待了一会，我们起身告辞，她真诚地说下次再来，山上现在都没人了。我们边应着，走了。正午的阳光照得透亮，周围一片空荒颓废，独她的小院整齐、整洁，晾在绳子上的花被单随风轻轻飘摇，墙角的几株鸡冠花开得正红。

我们走出一段路了，身后突然爆出一阵大笑，不知道她们婆媳讲了什么，这么好笑。

我问父亲，她以什么为生。父亲说，在山下厂里上班，做了很多年了。我又问，她有没有受连累，父亲愣了一下，说有时候多少也有的，人家来了，她赌天咒地，骂得厉害，哭得厉害，也实在是可怜的人，人家也不好如何了。

我们走上山坡，经过她原来的房子时，我立住脚，张望了一下。倒塌的墙、破碎的瓦被一处深幽的荒草杂树淹没，那个水潭已经看不到了，不知是掩于草下，还是干涸了，独有屋后坡地上的一棵柿子树上，挂着四五个鲜红的柿子，鲜艳得突兀，似和那孤独但仍洋溢着生活气息的小院遥相呼应。

最近一次回去，父亲说她婆婆摔断了腿，她只好在山下租了房子，好的太贵，便宜的不好找，很是折腾。向镇上打了报告，想寻一处地自己盖两间小屋，结束这独居荒山的日子。

祝她如愿吧！

仙姑的爱情

我想不明白，我相貌堂堂的二堂叔为什么会讨不上老婆。他在下栈头的一个寡妇家待了十多年，帮她把孩子都养大了，却被一脚踢出门，快五十了，又恢复成一个“纯光棍”。明姨来的时候，他被赶出来不久，又正被别人介绍的另一个寡妇挑剔：对方问他收入多少，住一起后，他要交给她多少，要对她怎样，对她小孩怎样。二堂叔气得摔了凳子，发誓说自己孤老终生算了。

不知他们怎么认识的。明姨是邻县的一个寡妇，人长得一般，但能说会道，以“讲灵姑”“望花缸”为业，这种人，在乡下都称之为“仙姑”或“半仙”。乡下，人们很相信故去的人是有灵魂的，尤其刚去世不久的，家里人总要担心他们在另一个世界过得好不好。为此，家里的女人就要去找仙姑或半仙“讲灵姑”。“讲灵姑”不同于算命，是讲故去之人在另一个世界的现状，让家人知道他（她）的所需所求，并给以满足，有时也可能是遇到难处，要家人去求某地的菩萨仙人给以解脱等等。

明姨大概是个有点道行的仙姑，因为生意不错，很来钱。她对二堂叔也好，对家里每个人都好，和母亲尤其谈得来。可堂姑姑他们却不是很喜欢她，尤其是四堂叔，她一来他就摆脸子。明姨不管，我行我素，姑姑们当作什么都不知道——明姨在家里还有一个姘居了很多年的男人——他们集体沉默。四堂叔却做不到，终于有一日，冷下脸，赶她。她不走，两个人吵了一架后，都找我母亲诉说。她说四堂叔问她是什么人，整日住他屋。

“你怎么说?”我问。

“我怎么说? 我说：‘你想讲什么，干脆讲出来好了。——我就是你哥的姘头，怎么了? 我知道你看不起我，我承认我就是你哥的姘头，但姘头不是婊子！我爱恋你哥，你哥也爱恋我，我没老倌，他没老婆，两个拼凑过过日子，怎么不好了?’”我和母亲倒吸一口气，被她的直接吓到。她继续说：“我还可怜阿聪呢，我和他讲：‘你也忒大岁数了，我看你也应该去找个女姘头过日子好了，要不要我帮你相一个?’结果他拔脚就跑了，哈哈。”我们瞪大了眼，还没人敢和四堂叔讲这话。“他自己有人了，免得看着我走来横去的碍眼。”她冲我们挤眉弄眼说。

四堂叔嘴笨，哼唧哼唧了半天，也没讲出个所以然，最后整出一句：“我就专门挑好的猪脚块吃，气死这女人。”母亲又好气又好笑地说了他几句，临走，他又挤出一句说：“她老实待他嘛，我也就算了。否则，哼……”

隔几天，二堂叔他们出海了，明姨要回去，母亲到山上看望。她正在忙进忙出地打扫，阳光洒在院子角落的鸡冠上、院子中间趴着的大黄狗身上，洒在墙角一排新新旧旧的鞋子上，洒在还滴水的被子上……落寞的小院，突然有了家的味道。

她搬了竹椅，和母亲一起坐着闲聊。聊到兴起，母亲看着她的脸色，小心翼翼地开口，问她：“你心里是老实想和阿汉过日子吗?”

她毫不犹豫地说：“难道假的，你看我像假的?”

“那——那你屋里的那个男人怎么办?”

她愣了好久，才叹气说：“能怎么办? 他年纪也大了，无儿无女的，我能赶他吗? 总是后生时候好过，临老了求个依靠，否则他不是太可怜了吗?"

"只能说，我和阿汉缘分太迟了，早十年碰见，我就不和他凑合了，一定和他登记结婚去!"

母亲一时也不说什么，只好拍拍她的手。她突然红了眼圈，说:"你不要笑我，我这种女人就是……"

母亲呵她:"不要乱讲，什么这种女人，你真心，我们便是一家人!"

她用手抹了一下脸，说:"我都晓得的……"

"你什么不晓得，你是仙姑嘛。"

她咧着嘴大笑，母亲和我也都笑了。

"你把阿聪的被也洗了?"

"洗了嘛，难道只剩他的不洗? 他不喜欢我，我偏让他无话可讲!"

大约因着这次相谈，明姨和母亲真正交心起来。只要她来，一定先到我家看我母亲，有时给她带一件衣服，有时带一条围巾，有时是一个皮包，不贵，颜色可能不同，但款式常和她自己的一模一样。母亲不要不行，给钱不行，谢她也不行。她对母亲说，不要多话，你是我好姊妹，不讲两家话。有时没带东西，到菜场买猪脚给二堂叔，就买一整只，一半带上山做给二堂叔，一半送到我家。

她总比二堂叔早一点到，他一回来，就有热汤热饭吃，被子都是蓬松松带着阳光的味道。时间长了，二堂叔整个都整齐利落起来，连一向邋遢的四堂叔都整洁了不少。

有一次，她和二堂叔一齐来我家。两个人隔着几步，她走得快，在前面不时停下等等，二堂叔在后面一本正经地缓缓踱步，身上穿着她买的新衣裤。快到我家时，她过了马路，二堂叔碰见一个熟人，停在那边讲了几句。她一回头，跺了脚，叫:"阿汉，你快点——"我从她身后冒出，叫她:"明姨——"

她吓了一跳，说："你从哪里冒出来?"

"我从那头一直跟你们到这里啊。——嗯，真像小媳妇回娘家呀!"我冲她做鬼脸。

她竟然红了脸，用手捂了捂脸，说："你这个小鬼，开明姨玩笑，我老都老了……"话没说完，不知想到什么，又用手挡了一下眼说，"哎呀，这一路，——羞死人了。"她的眼睛像泡了水的桃花一样，又娇羞又幸福，看得我一愣一愣。

母亲从后间出来，招呼她，她慌忙拉着我说："不能和你妈讲!"然后转身若无其事地和母亲拉家常。聊了几句，二堂叔还没过来，她又捺不住了，指着对面，问母亲："你说，我给阿汉买的衣服好看不?"

"不错呀，哪里买的?"母亲点头，问她。

她眉飞色舞地扯了一堆，又补充脚上的鞋也是新买的，跑了好几趟才买到一双满意的。母亲和我都不说话，憋着笑看她，她又不好意思了，说："做什么这样看我?"

"二堂叔穿起来忒帅，我妈想给我爸也去买一套呢。"我唬她。母亲赶紧点头。她就笑了，真诚地对母亲说："下次我带你去。"

二堂叔还没有过来，她嗔怪说："这人，讲起来没完没了?"

母亲叫了声"阿汉"，二堂叔转头应了一声，朝我们走来。明姨哼了一声，说："就我叫不应他。"我忍着笑看她一脸通红，装作没看到二堂叔的样子转身进屋了。

晚饭就在我家吃，二堂叔和父亲在聊天，明姨拉着母亲诉苦："就不愿意和我一起出门，好像我给他丢什么人了一样，你瞧瞧，我没来，屋里跟猪窝一样，衣裳脏得铁板生锈了样。我来了，屋里总干干净净了，衣裳总清清爽爽了，人看着也气神好了。你讲讲，我给他买的新衣裳，哪一套穿起来，不好看，那么贵，我自己舍不得，他，我都舍得买——还不愿意和我一块走

——我这次死皮赖脸地跟着，他也没办法，否则，他肯定早就溜下山，到你家了，再打电话叫我下来。”

我问她：“阿叔为什么不跟你一块走呀?”

她翻白眼：“你问阿叔去。”等一下，又笑着附在母亲耳朵旁说：“你不知道，我就是跟在后面，这心里呀，就和十八岁的度娘见情郎一样，你摸摸，现在还咚咚跳。”说着，似怕母亲不信，抓起她的手往自己胸口探去，母亲哭笑不得，打了一下她的手，笑骂她“鬼人”。

她很严肃地说：“老实的。”母亲说：“我没说你假。”

她别过脸，痴痴地看着二堂叔说：“你讲，我阿汉怎么就这么帅呢？我觉得自己是十八岁的度娘了啊!”我和母亲无奈地对视一眼，不过都没有笑。

这是我唯一一次看见他俩“出双入对”。

我知道，二堂叔对她一直是不咸不淡的，可她并不在意，似乎只要看到他那个人就心满意足了。一年多后，原来百般挑剔二堂叔的那个寡妇，大约没有找到合适的人，又托人回来找他。二堂叔不置可否，堂姑姑们都很上心。四个姑姑都去见了那个女人，这次她没有提要对她怎样，对她小孩怎样，只说人老实本分，能过日子就够了。姑姑们很满意，都要二堂叔好好考虑。二堂叔有些心动，对明姨冷淡起来，电话也不接了，也不告诉她自己出海、上岸的日子。明姨跑过来，全家对她都冷冷淡淡的，她质问二堂叔：“你嫌我什么？我对你不好吗？你能保证那个女人待你比我待你好？你们全家是不是联合起来欺负我?”二堂叔不讲话，后来干脆躲出去了。她来过几次，哭过闹过，二堂叔避而不见，最后小姑姑出来跟她说，好聚好散，我们全家都晓得你对他的好，但是他也想要一个人能踏踏实实和他过日子。

明姨不依，一定要叫二堂叔出来作一个交代。二堂叔来了，她问他是不是真的决定了。二堂叔不吭声，她说我知道了，我是真心的爱恋你，但我决不犯贱，你今日说我们两个结束了，我也就死心了。

她是一路从山上哭下来的，打电话给我母亲，泣不成声，让我们都吓了一跳。母亲跑出去找她，看见她时，已哭得不成人样，眼肿得桃子一样，衣服揉成一团糟，眼泪鼻涕擦在身上都不知道了。母亲叫她，她只直着眼瞪人，都没了反应，让母亲也落下泪来。

好容易哄她到我家，母亲不住地摇着她说："不要伤心，哭过了就好，哭过了就好。阿汉不识福，你们没有缘分，你自己要保重。你以后找一个比他更好的人，让他后悔。"

劝了好久，她才沙哑着声音说："他不要我，和我明讲好了，为什么一面和我好，一面去见别人，事情都差不多了，我才知道。我知道，他们一家都嫌我家里还有一个男人嘛。那人家后生时也是和我一起苦过来的，现在老了，都六七十岁了，叫我把他赶走？他孤苦伶仃的，你叫他去哪里？而且，我老早就没有和他一起了，他现在喝喝小酒，搓搓麻将，无非就是我养着他，等老了，让他有个人送终。我对阿汉怎样，别人不知道，你看不出吗？"

母亲不说话，只陪着她落泪，叹气。

二堂叔和那个寡妇似乎好事将近，但那个女人又提出要聘礼什么的，面多少，肉多少，钞票多少。姑姑们怕她拿了东西不认人，就和她讲价。她说面可以少点，肉可以少点，钞票至少要一万，说二堂叔到她家，她要添空调、电视、被子等东西。姑姑们不答应，说最多二千，给她买衣服，她家里的电器以后住在一起后慢慢再添。她降到八千八，姑姑们升到五千八，就再也谈不拢了。她又偷偷跑去磨二堂叔，二堂叔情绪不好，冷冷的。她回头在电话里对介绍人发脾气，说二堂叔一家人都没诚意，二堂叔对她不好，姑姑们难相处，在钱上如此小气。让介绍人左右为难，最后原话一字不落地转达，姑姑们生了气，又劝二堂叔算了，说这女人不是好货色。

不知道明姨清不清楚这里面的事，她已经大半年没来了。偶尔和母亲电话联络，母亲含含糊糊地传达一些二堂叔的情况，她就在电话那头沉默。二堂叔的事情没成，母亲打电话给她，旁敲侧击，她反应淡淡的。可一个多月后，她来了，人瘦了不少，但容光焕发。买了半个猪脚叫母亲快点炖了，晚上她在我家吃饭，弄得我们莫名其妙。

母亲没耐住，问她："上段时间不是说病了，现在好了?"

"好了。"她啃着猪蹄，头也不抬地说。

"什么病?"

"心病，相思病。"她笑嘻嘻地说。

母亲和父亲交换了一个眼神，我在边上笑，问："明姨，心药在哪里买的?"

"心药嘛——"她扑地笑了，说，"就是你那个倒天诛的阿叔啊!"

我们虽然料到，可听她这么直白地说出来，还是吃了一惊，两个人什么时候好回来的。可明姨死活不说，吃完饭，天色有点暗了，就叫了兰阿婆男人的残疾车，把她送到山上去。给我们留下满腹疑问。而姑姑们再也没有什么动作，算是默认了吧。

她来得比以前更勤，二堂叔不在，母亲无事会上山陪她，她有时作小鬼上身，和母亲对答。一次，母亲问她："你晓得，阿明看上阿汉什么?"

"阿姐，她和阿汉是前世的缘分。阎王簿上有记载的，这世还要做夫妻。"

"那他家的爹娘同意吗?"

"你等等，我问问看，"闭目，掐指，摇头晃脑，念念有词，半响，"嗯哪，这两个人多少的欢喜，讲阿汉找了一个好女人。"

母亲忍着笑又问："下世他们还做夫妻吗？"

她又神神道道了一番，说什么屋后山冈的老太在地下叫囡烧钞票，后山一个老头说托梦给儿子，自己在地下没电视看……绕了一大圈才说，我看到了，我看到，阿明和阿汉下世，下下世，下下下世……世世都做夫妻的。哎呀呀，下世呀，阿明着婚纱呢，多漂亮，阿汉这新郎官多帅，你看到没，他们两个拜堂呢，哎呀，要入洞房了呀——阿汉，阿汉，你摸哪里呀？哎呀，羞死人了……

我们笑得直不起腰，她却又一本正经地问："阿姐，阿姐，你也来闹洞房啊？"

母亲说："能闹吗？"说着就要起身，她突然停住，板着脸说："阿姐胡闹，笑得这么响，吵死了，我回去了。"母亲唤她："阿弟，你再玩一下嘛。""他"不理，闭了眼。好一会，装作如梦初醒的样子，看着我们问："你们做什么，这副样子，见鬼了？"我们点头，笑得喘不过气，她跟着也笑了。

明姨只有在二堂叔不在时和我们玩笑，他一回来，就完全一副温柔贤惠模样。可她在老家的日子与和二堂叔在一起的日子似乎是分开的，有一段时间，她盖新房、娶媳妇，来得就少了，偏二堂叔正值禁渔期，他就不高兴，说她是不是有人了。她赌咒发誓，他也不信，还说她本来吃的就是讲鬼话这碗饭，讲的鬼话怎么能听。她让他去她家里，他又死活不去，次数讲多了，他一恼，冲口说她家里还有一个呢，我去算什么。

明姨打电话给我母亲哭诉，母亲两头劝说，久了也很无奈，直叹两个老冤家。她怕我二堂叔真的生气，常常找借口买东西溜过来，有时可能就是说几句话，吃一顿饭，但二堂叔的脸色总算好看了一点。

等她房子盖好，媳妇娶了，她乐呵呵地跑得又勤快起来，二堂叔的脸上就有了笑意，和母亲说这个鬼人也是一个磨人的货。

明姨知道了，竟然很高兴。

她儿媳妇要生时，她忙起来，又顾不上我二堂叔了。这次他没力气和她生气，生病了，是肺癌，很快就准备去上海做手术。明姨正给儿媳坐月子，不能陪着，在二堂叔出发前，她觍着脸找亲家帮忙，自己跑来，照顾了几天，走时放了一万元钱给二堂叔。

二堂叔在上海住院时，父亲帮他申请到困难补助，在堂伯家对面的马路边盖了两间两层的小屋子，二堂叔一间，四堂叔一间。搬家时，她来了一下，当天就赶回去了，说要带孙子，出来久了，怕儿媳妇摆脸色。二堂叔有些不高兴，但也没说什么。

二堂叔术后并不见好，日渐虚弱，而明姨竟也来得更少了，只说自己有苦衷，连我母亲也不解。而村里人，尤其是二堂叔家里原来一直看她不入眼的几个妯娌，难听的话多了起来，说她一来只想和二堂叔那个，现在他生病满足不了她，她自然就不来了。传到她耳朵里，她在电话里和我母亲哭了一场，说他几个姊妹还好，这么多年也能看出我是什么人，他几个兄弟和他们老婆，阿汉生病不出一分钱，不出一分力，现在讲我倒起劲，不说我出力，我出钱总是事实吧，现在怎么就里外不是人了呢。母亲问她到底什么苦衷，她吞吞吐吐地说家里媳妇和她闹得厉害。为什么闹，她又语焉不详。母亲从她的只言片语里推测，说恐怕是她儿子媳妇知道了她拿钱给我二堂叔的事。又说那还是不说的好。

后来怎么平息的也不清楚，好像和媳妇分了家，孙子大了，儿媳妇就自己带回去了。她鸟出笼一样三天两头来。她一来，就可以把二堂叔从四堂叔单调可怕的下饭菜中拯救出来，他们两个都觉得轻松。

手术没能使二堂叔的生命留得更长，他先是胸闷气喘、腿肿难消，然后吃不下饭，最后喘气也困难了。这时，他却不要明姨来了，还要家里人瞒着。

等明姨来时，他已经走了。火化时，明姨没来，也不知道以什么身份来，她在电话里拜托父亲替她好好送一送她的阿汉。出殡时，她来了，父亲帮忙主事，不知道应该给她什么装扮，堂伯他们是不会同意让她披麻戴孝的，她自己抓了一条代表朋友身份的白毛巾，无视旁人的指指点点，哭得天昏地暗。

丧事还没办完，我有儿有女的堂伯、三堂叔就吵着瓜分二堂叔留下的钱物，还算计着他的那间小房子，说租出去，租金怎么分。姑姑们主张先还明姨的钱，明姨说那钱就是给二堂叔治病的，她不要。堂伯母、三堂婶说："她又不差这点钱，她家里不是还有一个吗？给哪个不是给？"姑姑们气得发抖，她知道了只是沉默。

她基本不来了，钱又没拿回去。在电话里，她对母亲说："这辈子，我还找什么男人？下辈子，希望我俩缘分好些，早点碰见，我当阿汉真正的老婆。"只是我不知，在没人的时候，她有没有帮自己给我二堂叔讲过"灵姑"。